Pierre Perrault

Les expédients

de

Farandole

Illustrations par Henri Pille

Armand Colin et Cie, Éditeurs

5, rue de Mézières, Paris

fol. Y͜ᵉ
131

Les expédients

de

Farandole

IMPRIMERIE E. CAPIOMONT ET Cie

PARIS

6, RUE DES POITEVINS, 6

(Ancien Hôtel de Thou)

Pierre Perrault

Les expédients

de

Farandole

Illustrations par Henri Pille

Armand Colin & Cie, Éditeurs

5, rue de Mézières, Paris

1895

Tous droits réservés.

Les expédients de Farandole

CHAPITRE PREMIER

Le vrai bonheur

Il y avait à Venise, dans un temps très reculé, un pauvre fabricant de harpes, Français d'origine, qui avait nom Jean-Louis Fornerey.

Son unique ambition était d'inventer un instrument nouveau qui reproduisît la voix humaine avec une perfection plus grande que tous les instruments connus.

A cette recherche, il dépensa ses jours l'un après l'autre, il usa ses yeux, ses forces, son argent, il perdit son bonheur, car sa femme, qu'il aimait avec tendresse, mourut de misère, et, après elle, trois de ses fils.

Le luthier poursuivit son œuvre, le cœur déchiré par sa peine, mais sans songer à faire un seul *mea culpa*.

Car les inventeurs sont ainsi...

Devant eux flotte leur idée dont rien ne les détourne, rien que la mort.

Il advint que l'heure en sonna pour le pauvre Jean-Louis.

Et ses yeux s'ouvrirent à la vérité.

Il reconnut qu'il avait poursuivi une chimère, tissé de ses mains sa destinée misérable...

Et il ressentit un remords cuisant et une grande affliction, de ne pouvoir léguer au seul enfant qui lui restât, ni argent, ni gloire, ni exemple à suivre.

Le fils de Jean-Louis Fornerey avait reçu au baptême le prénom de Julian, mais il était si vif, si leste, si joyeux, que son père l'avait surnommé Farandole.

Farandole avait un peu plus de seize ans. Ses traits révélaient son origine gauloise; car ce n'est pas d'ordinaire à Venise que se rencontrent les hommes aux cheveux blond cendré, aux yeux bleus, au teint pareil à la rose des haies.

Les voisins disaient entre eux que c'était un joli garçon.

Tous l'aimaient à cause de sa bonne humeur, de son obligeance, et s'accordaient à reconnaître qu'il n'était pas de cœur plus généreux, d'esprit plus avisé.

Debout au pied du lit de son père, le pauvre Julian pleurait toutes ses larmes.

Et le luthier le contemplait tristement sans rien dire, faute de savoir comment le réconforter un peu.

Enfin Dieu prit pitié du mourant et lui remit en mémoire les conseils qui avaient nourri sa jeunesse.

L'inventeur se rappela soudain l'existence de son père à lui, lequel avait vécu dans une paix profonde pour avoir su se garder de toute ambition, de toute rêverie folle.

Et voulant convaincre son fils que là était le vrai bonheur, il le fit asseoir près de lui et lui conta ainsi ses premiers ans.

— Mon père, lui dit-il, possédait un champ, un arpent de vigne et trois arpents de terre inculte, au milieu desquels il se construisit lui-même une maison.

La pierre n'est pas rare en Bourgogne. Il eut bientôt rassemblé ce qu'il lui en fallait pour élever des murs solides.

Il demanda la charpente à nos chênes, deux beaux arbres alors couverts de glands presque mûrs.

Cela me faisait grand'pitié qu'on les abattît.

C'étaient des amis pour moi.

Je passais la moitié du jour soit dessous, soit dessus.

Mais quand je vis tout ce qu'on en tirait, je me consolai de leur perte.

Ce furent d'abord les deux poutres, puis les poutrelles du toit, puis l'encadrement de la porte et de la fenêtre, enfin la porte elle-même et les volets.

Et lorsque nos deux chênes nous eurent donné toutes ces choses, il resta encore leurs souches dont mon père fit un banc qu'il plaça devant la maison.

Ayant jusqu'ici habité une masure qui s'en allait en miettes à chaque orage, je trouvais fort agréable de me sentir à couvert, par tous les temps, sous notre toit de chaume si épais et si joli, avec son faîtage d'iris bleus.

Rien n'eût manqué à mes aises, s'il me fût resté un arbre où grimper, un coin d'ombre où m'étendre.

Un jour que je parlais ainsi devant ton grand-père, il répliqua :

— « Plante des glands. Puisque nos chênes se sont contentés de la maigre nourriture qu'ils trouvaient par ici, leurs enfants ne seront peut-être pas plus difficiles.

Dans vingt-cinq ans, si tu en prends soin, ce n'est pas deux chênes que tu auras, mais un bois tout entier.

Et je juge l'idée si heureuse que nous l'allons exécuter sur l'heure. »

Je n'étais plus si pressé.

Vingt-cinq ans me paraissaient un terme trop lointain. Je répondis :

— A quoi bon prendre cette peine, s'il me faut attendre vingt-cinq ans un peu d'ombre ?

— Tu auras alors trente-cinq ans ; penses-tu donc que ce soit la vieillesse ? observa mon père. Mais l'ombre que tu prépares ne dût-elle pas te servir, tu n'en devrais pas moins planter les chênes.

Voilà un an que je travaille à construire ma maison. Et pourtant je sais que je n'en jouirai guère, car je suis fort malade et mourrai sans tarder.

Mais je pensais à toi, mon fils, dont elle sera la part d'héritage.

Les jours où je me sentais las, j'y travaillais du même cœur, en songeant qu'après moi elle abriterait le cher garçon que j'aime plus que moi-même. Travaille à ton tour pour tes enfants, sème tes chênes, sans t'inquiéter si tu jouiras du fruit de ton labeur.

C'est la loi de la famille établie par Dieu lui-même. »

Et nous voilà plantant des glands dans ce pauvre terrain où la mousse avait peine à croître.

Je les ai vus germer et sortir de terre.

Ont-ils grandi ? Je n'en sais rien.

J'ai quitté de bonne heure le champ paternel, et, depuis, je n'ai pas trouvé le temps d'y retourner.

Je ne m'y plaisais pas.

Aujourd'hui je m'aperçois que j'ai couru sans trêve ni repos après un feu follet : la gloire.

Je lui ai tout sacrifié et n'en ai rien reçu...

Ne perds pas ta jeunesse en des rêves, toi, mon petit Farandole.

J'étais chagrin tout à l'heure de te laisser le seul exemple de ma vie. Et me voilà tout consolé par cette pensée, que tu auras celle de ton aïeul comme modèle.

C'est celui qu'il te faut suivre, crois-en ma dure expérience.

Le bon Dieu nous a créés pour le bonheur. A voir comment va le monde, on ne s'en douterait guère.

A qui la faute? A nous, Julian, rien qu'à nous, qui, les trois quarts du temps, courons après le bonheur en lui tournant le dos.

Qui se crée peu de besoins se prépare beaucoup de joies, est un proverbe que mon père redisait souvent.

Il l'a pratiqué toute sa vie et s'en est bien trouvé.

Sa tendresse pour ma mère et pour nous remplissait tout son cœur, si bien que l'ambition n'a su où passer pour s'y faire place.

Jamais je ne l'ai entendu désirer au delà de ce qu'il possédait.

Jamais, le matin, il n'a franchi le seuil de sa maison sans bénir Dieu de lui avoir tant donné et d'avoir fait la terre si fertile et si belle. C'était un sage...

Puisqu'il lui a suffi de sa petite maison, de sa vigne et de son champ pour se trouver riche, sache te contenter, toi aussi, de ce pauvre héritage que j'ai la joie de pouvoir te léguer.

Car j'avais juré de ne le jamais vendre, si misérable que je fusse, afin que mes enfants aient un abri dans ce cher pays de France que j'ai quitté pour l'Italie, conduit par ma folie d'inventeur et de musicien.

Quand je serai mort, mets-toi donc en chemin et marche jusqu'à ce que tu sois arrivé dans ta maison.

Ma sœur Claudine et ses enfants n'ont pu manquer d'en prendre soin, car ta tante me l'avait promis.

Et quand une fois tu seras sous notre toit de chaume, au faîtage d'iris bleus, vis comme ton grand-père a vécu. »

Julian, qui avait écouté en pleurant le récit de son père, essuya ses larmes pour demander :

— Comment saurai-je que je suis parvenu à notre domaine? J'ignore son nom, et vous m'avez toujours dit que la France, notre patrie, était un très grand pays.

— Tu iras droit à la capitale du duché de Bourgogne, qui est Dijon...

Sentant les forces lui manquer, le luthier ajouta :

— Ne t'inquiète pas du reste. A côté du sac où est enfermée ma petite épargne, — juste de quoi faire la route, — tu trouveras le nom du village près duquel est située la maison, et celui des villes qu'il te faudra traverser pour t'y rendre.

IL FIT ASSEOIR SON FILS ET LUI CONTA SES PREMIERS ANS

Nous appelions notre domaine le Cigalier, parce qu'en la saison chaude les cigales abondaient dans la vigne.

Il était connu sous ce nom dans tous les environs.

Si les jeunes l'ont oublié, les vieux doivent s'en souvenir encore, et tu trouveras bien un patriarche de l'endroit pour te renseigner.

Ayant dit, l'inventeur embrassa son fils, remit à Dieu son âme repentante et rendit le dernier soupir.

CHAPITRE II

En route pour la France!

Farandole pleura une semaine durant. Son allure ne convenait guère à son joyeux surnom.

A le voir passer, l'air morne, la tête baissée, les voisins ne le reconnaissaient plus.

Son chien Mi-ré, son chat Clair-de-lune et son moineau Kiki partageaient son chagrin, imitaient son attitude et gardaient comme lui le silence.

Plus de rires, plus de gambades, plus de chansons dans le pauvre logis!...

Mais, à la fin, le souci endormit la peine. Au souvenir du long voyage qu'il lui fallait entreprendre, Farandole sentait ses larmes sécher sur ses joues, tant son esprit s'absorbait dans les embarras du départ.

Toutefois, comme c'était un garçon plein de résolution, il ne se laissa point abattre par les difficultés.

A force de chercher partout des acquéreurs, il parvint à en découvrir.

Et peu à peu, l'un suivant l'autre, on vit disparaître ses meubles, les quelques instruments qui restaient à l'atelier, sauf pourtant sa mandoline, celle que son père avait fabriquée pour lui et dont il ne put consentir à se défaire.

Lorsque le dernier coffre et la dernière ébauche eurent trouvé de nouveaux propriétaires, Farandole compta son trésor.

Tant en sequins qu'en ducats, il possédait dix-sept pièces d'or valant ensemble quatre-vingt-trois livres.

— De quoi faire le tour du monde! se dit-il émerveillé.

Dès l'aube du jour suivant, il se mettait en route.

Il emmenait avec lui Mi-ré, Clair-de-lune et Kiki.

2

Mi-ré était un beau caniche noir, recueilli, à demi mort de faim, l'hiver précédent, et à qui son maître avait enseigné toutes sortes de jolis tours.

Clair-de-lune, un vieil angora aux poils gris soyeux et longs, le museau rose, les pattes blanches, avait connu la mère et les frères de Julian.

Il n'avait plus que lui à qui parler d'eux, maintenant... Et ils se comprenaient si bien !

Quant au pauvre Kiki, son protecteur l'était allé chercher, au risque de se rompre le col, dans une gouttière où il piaillait désespérément, l'orage ayant détruit le nid et dispersé la couvée.

La pensée de vendre ou d'abandonner ses trois amis n'était pas même venue à Farandole.

Il ne trouvait rien de surprenant à faire voyager un chat sur ses quatre pattes, avec un oiseau pour voisin et un chien comme pendant.

Il est vrai que l'oiseau était en cage et que Mi-ré et Clair-de-lune avaient toujours vécu dans le meilleur accord.

Julian s'était paré de ses plus beaux habits pour commencer son voyage.

Un sac en cuir, retenu aux épaules par une large courroie, lui servait d'escarcelle et de portémanteau.

Sa mandoline, passée en sautoir, complétait son équipement.

Il tenait d'une main la cage où sautillait Kiki, et de l'autre un solide bâton de pèlerin.

Clair-de-lune et Mi-ré suivaient gravement leur maître.

Ils traversèrent ainsi une partie de la ville. Le père de Daniello, un ami de Julian, les prit dans sa gondole et les conduisit à l'entrée des lagunes.

Venu jadis par mer, après avoir parcouru le midi de la France en compagnie d'un vieux chanteur italien, Jean-Louis Fornerey n'avait laissé à son fils d'autres indications que les noms des villes où il avait passé pour gagner Veniac.

La première était Mantoue, la dernière était Gênes.

Le port français, Marseille.

Farandole prit donc la route de Mantoue.

Durant les quatre premiers jours, il ne lui survint pas la moindre aventure.

On couchait dans une ferme, on faisait la grasse matinée et l'on ne se remettait en route qu'après avoir solidement déjeuné.

La nuit venue, quand le jeune voyageur constatait combien peu on avait

LE PÈRE DE DANIELLO LES PRIT DANS SA GONDOLE

fait de chemin, il se disait qu'il lui faudrait des mois et peut-être une année pour arriver au Cigalier.

Mais il ajoutait aussitôt en lui-même :

— A quoi bon tant me hâter? Ma tante Claudine ou ses enfants prennent soin de ma maison et le bon Dieu veille à mes chênes...

C'était, pour les quatre amis, un perpétuel émerveillement que ce voyage.

Ils n'avaient auparavant jamais quitté Venise, et très peu le sombre quartier où le fabricant de harpes avait son logis.

Tout leur était plaisir.

Mais chacun goûtait sa joie à sa façon.

Perché sur le chapeau enrubanné de son maître, Kiki n'avait pas assez d'yeux pour admirer les arbres et les champs, ni assez de voix pour répondre aux politesses des oiseaux qui le saluaient d'une roulade au passage.

Mi-ré chassait avec tant de succès qu'il engraissait à vue d'œil.

Clair-de-lune mettait ses délices à se gorger de lézards et d'insectes, ce qui le maigrissait d'autant.

Julian s'absorbait dans la contemplation des montagnes dont une chaîne élevée se dressait à sa droite : les Alpes.

Son imagination peuplait ces hauts sommets d'incomparables splendeurs.

Leurs pentes, qu'elles fussent abruptes ou boisées, l'attiraient, l'appelaient, s'emparaient de sa volonté.

Il avait soif de les gravir, et se croyait certain qu'en atteignant leurs cimes, on devait toucher le ciel du front et dominer tout l'univers.

Si bien que les quatre amis ne cessaient de répéter, chacun dans son langage :

« Que le monde est beau ! Qu'il fait bon vivre !... »

Ce concert d'admiration et de naïve action de grâces, le bon Dieu l'entendit sans interruption jusqu'au jour où, ne résistant plus à la fascination qu'exerçaient sur lui les montagnes, Farandole prit à droite au lieu de prendre à gauche.

Pour excuser sa fantaisie vis-à-vis de lui-même, il se tint ce raisonnement :

— Pourvu que je marche droit devant moi, je suis bien sûr, à la fin, d'arriver en France. Je ne vois pas pourquoi je ne suivrais pas le chemin qui m'agrée davantage.

Mi-ré ni Clair-de-lune ne firent la moindre objection.

Mais Kiki, apercevant dans l'azur, au-dessus des sommets, de grandes ombres qui se mouvaient d'un vol rapide, manifesta sa désapprobation en restant blotti dans sa cage.

« Il ne fait pas bon pour nous là-haut, crois-en mon effroi, » semblait-il dire.

Et voilà comment il se rencontre parfois plus de sagesse dans la cervelle d'un moineau qu'en celle d'un garçon de seize ans.

Les villages étaient rares sur le chemin auquel Julian avait donné la préférence.

Quand arriva l'heure du souper, ce fut en vain qu'il explora du regard les alentours. Nulle part il n'aperçut le clocher d'une église ni le toit d'une maison.

Et, à mesure qu'il se rapprochait de la montagne, il croyait la voir se hausser, changer d'aspect, prendre des airs farouches.

Le cri des aigles rentrant au nid chargés de proies et les éclats de voix du torrent, qui se roulait, furieux, sur son lit de rochers, étaient les seuls bruits qui parvinssent à son oreille.

Cependant la route continuait d'être bien frayée.

Elle devait même être fréquentée par des voyageurs en chaise, car les roues de nombreux véhicules y avaient creusé leur sillon.

En passant à côté d'un sentier qui venait aboutir à cette route, Julian remarqua les empreintes toutes fraîches de deux chevaux.

Cette découverte lui fit grand plaisir. Il lui semblait déjà être moins seul, moins perdu, dans cette solitude.

— Je rencontrerai sans doute quelque habitation au bout de ce sentier, se dit-il.

Et, sans hésiter, il s'y engagea.

C'était un joli petit chemin à l'air honnête, où pacageaient deux chèvres.

Un pâtre les surveillait, couché dans l'herbe. Farandole s'informa s'il trouverait le souper et le gîte chez son maître.

A cette question, le chevrier se dressa surpris.

Il regarda la montagne, puis celui qui le questionnait, puis une maison basse, à demi cachée par des oliviers.

Et, après avoir médité longuement, il finit par répondre :

— Je ne sais pas…

Julian se mit à rire et repartit :

— Tu as cependant pris le temps d'y réfléchir. Je vais donc le demander moi-même.

Il s'en alla heurter à la porte de la maison. Il y avait déjà du monde, des étrangers sûrement, car l'hôte s'agitait et les servait avec empressement et respect, non comme des amis qu'on voit tous les jours, mais comme des personnages d'importance dont la présence est un honneur.

IL DEMANDAIT L'HOSPITALITÉ POUR LA NUIT

Rien ne révélait pourtant une condition élevée, ni dans l'attitude, ni dans le costume des convives.

Mais Julian ignorait de quelle façon s'habillent les grands seigneurs pour voyager.

Son jugement se basait sur le zèle obséquieux de l'hôte et sur le titre d'Excellence qui tombait de ses lèvres à la fin de chaque phrase.

Aussi se tenait-il sur le seuil, bien modeste, en demandant l'hospitalité pour la nuit.

Cette requête parut tout d'abord contrarier les premiers arrivés. Ils lui jetèrent un regard méfiant.

L'un d'eux, le plus jeune, un homme de trente ans environ, très brun, l'air hautain, la mine résolue, prit la parole pour s'informer des circonstances qui avaient amené Farandole dans cette partie du pays.

En écoutant le fils du luthier raconter son histoire, toutefois, l'expression de son visage se modifia singulièrement.

Il se prit à sourire lorsque Julian vint à parler de l'attrait qu'exerçait sur lui la montagne... vue de loin...

— Elle est encore bien plus belle quand on l'a gravie, repartit l'étranger. Mais elle offre maint péril, sans compter que le voyageur court le risque d'y faire des rencontres désagréables, surtout si son escarcelle est pleine.

— Je n'ai rien à redouter à ce propos. Les quatre-vingts livres dont se compose ma fortune seraient une maigre aubaine pour messieurs les voleurs, déclara Farandole.

Ce dédain de son petit trésor n'était qu'à fleur de peau.

La vérité, c'est qu'il était bien aise d'apprendre à l'hôte qu'il avait de quoi payer.

Sa déclaration fit merveille.

— Qu'attendez-vous, signor Antonio, pour introduire ce jeune homme sous votre toit ? s'écria l'étranger qui avait déjà pris la parole.

Et, faisant signe à son compagnon de s'écarter un peu, il indiqua à Julian une place auprès de lui.

L'hôte apporta un couvert sans mot dire et le repas, un instant interrompu, reprit avec un nouvel entrain.

Quand vint le moment de se retirer, une servante conduisit Farandole dans une sorte de grenier plein aux deux tiers de foin odorant, sur lequel il s'étendit avec délices.

Fatigué par la longue étape fournie ce jour-là, il s'endormit bientôt profondément.

Mi-ré s'était couché aux pieds de son maître, comme il en avait l'habitude.

A quelques pas d'eux, Clair-de-lune ronronnait en considérant sa marraine par la fenêtre sans volets.

Kiki, dont la cage était suspendue en dehors, avait depuis longtemps la tête sous son aile.

Le sommeil de Julian fut peuplé de songes étranges.

Il se voyait au sommet de la montagne. Des aigles lui criaient aux oreilles et le tiraient par ses vêtements.

Et leurs voix ressemblaient aux aboiements d'un chien...

Au matin seulement, tout bruit cessa dans son rêve et il se reposa paisible.

Il faisait grand jour quand il ouvrit les yeux.

Assis à deux pas de son visage, Mi-ré guettait son réveil ; dès qu'il le vit se soulever sur son coude, il se mit à aboyer comme Farandole avait cru entendre aboyer les aigles.

— Qu'y a-t-il ? que me veux-tu ? Je suis en retard ? Bah ! nous avons le temps d'arriver, dit le jeune homme en s'étirant paresseusement.

Mais soudain il jeta un cri.

Il venait de constater que son sac n'était plus sous sa tête.

Supposant qu'il avait pu glisser dans le foin, il en déplaça quelques bottes.

Mi-ré le regardait faire sans l'aider.

« Tu prends une peine inutile, » disait la tristesse de ses bons yeux caressants.

Le maître finit par comprendre le chien et pressentir la vérité.

Affolé, il courut interroger l'hôte.

Antonio était sur le seuil de sa porte, les mains dans ses poches.

Les plaintes de Julian ne semblèrent pas l'émouvoir beaucoup.

Lui indiquant d'un signe de tête un morceau de parchemin fixé à sa veste par une longue épine :

— Qu'est cela ? l'avez-vous lu ?

Le jeune homme fit signe que non, et, détachant le billet, se mit en devoir d'en prendre connaissance.

« Mon jouvencel, vous pouvez désormais passer où vous voudrez. Vous
« n'avez plus à craindre les voleurs. Je vous souhaite, ainsi qu'à votre fidèle
« caniche, un excellent voyage.

« PAOLO. »

3

Voilà ce que lut le pauvre Farandole!... Ainsi on l'avait dépouillé! Il ne lui restait rien, pas un denier, pour achever son voyage! C'eût été de quoi en décourager de plus faibles. D'autres se fussent laissés aller au découragement. Lui, ne prit pas même le temps de se lamenter.

— C'est ma faute; cela m'apprendra à me vanter, murmura-t-il. Si on m'y reprend!...

Et, regardant l'hôte bien en face, il ajouta d'un ton ironique :

— Vous hébergez de drôles de gens. A votre respect pour ces deux bandits, je les ai pris pour des seigneurs de la suite du doge.

Antonio poussa un soupir.

— Que voulez-vous? il faut bien vivre en bonne intelligence avec ses voisins. On n'a pas le choix de les accepter ou de les refuser pour convives.

Qu'aviez-vous besoin, aussi, de parler de votre argent? Je ne vous en demandais pas si long.

— N'empêche qu'avant de savoir si je pouvais payer, vous me laissiez bel et bien à la porte.

— Où se trouve Paolo il n'y a qu'un maître. J'attendais un signe de lui.

— Eh bien! un peu plus tard, que ne m'avertissiez-vous? je me serais gardé.

— Et défendu, n'est-ce pas? De sorte que vous seriez à cette heure au fond du torrent avec un coup de poignard dans la gorge.

Je ne vous laisserai pas partir sans déjeuner. Vous me paierez d'un air de mandoline, fit Antonio, émerveillé de voir un si jeune homme supporter si vaillamment une telle épreuve.

— Ma mandoline! elle me nourrira plus d'une fois le long du chemin, pensa Farandole.

Il régala son hôte d'autant de rigodons qu'on lui servit de plats.

Et, tout en mangeant avec l'appétit de quelqu'un qui n'est pas bien sûr de dîner, il s'informa du lieu qu'habitait Paolo.

— J'espère que vous ne songez point à lui réclamer votre argent. Ce serait le provoquer à prendre la vie qu'il vous a laissée.

— Pour l'argent, mon sacrifice est fait. Mais pour le reste, j'en dois courir la chance. Mon sac renferme des pièces qui me sont indispensables.

Si je ne fais la preuve que je suis Julian Fornerey, le fils du luthier de Venise, on ne me croira pas quand je dirai que le Cigalier m'appartient, et je perdrai mon héritage.

— Puisque vous vous obstinez, voici ce que je vous conseille, prononça Antonio après avoir un peu réfléchi. Suivez le premier sentier que vous rencontrerez sur la droite. L'entrée se trouve au pied de ce gros peuplier que vous apercevez d'ici.

Ne vous inquiétez aucunement des circuits du chemin, ni des voies qui le

IL SUIVIT UN SENTIER QUI MONTAIT TOUJOURS

coupent. Si vous ne vous égarez pas, vous parviendrez à un plateau ayant l'aspect d'un vieux château à moitié démoli.

Une fois là, choisissez pour vous asseoir la roche la plus élevée et attendez sans appeler personne.

Si Paolo et ses hommes ne sont pas en expédition, le premier qui vous apercevra viendra à vous.

Exposez votre requête et recommandez-vous à la Madone !

— Je n'y manquerai pas...

Il prit congé aussitôt.

Les indications d'Antonio étaient exactes.

Pendant trois heures, Julian suivit un sentier qui montait toujours.

L'oppression de la veille commençait à le ressaisir, et bien plus intense, car il marchait sans être certain de parvenir à son but, sans même savoir où il se trouvait, ne voyant que la mousse que foulaient ses pieds et les arbres qui se rejoignaient au-dessus de sa tête.

Parfois, le spectacle changeait.

C'était quelque précipice qu'il fallait côtoyer, quelque fourré inextricable où il devait pénétrer cependant, puisque le sentier y traçait son étroite ligne blanche.

Farandole haletait, frissonnait et par moments se sentait l'envie de retourner sur ses pas.

Enfin, à la partie boisée succéda une pente aride, pelée, comme si quelque incendie en eût dévoré la végétation.

Là, plus de sentier. Il se perdait, effacé... Mais l'horizon élargi permettait d'embrasser tout à la fois la plaine immense et, par une échancrure de la montagne, d'autres cimes plus hautes qui se détachaient presque noires sur le bleu éclatant du ciel.

Et Julian sourit de son illusion.

Le ciel était loin de lui... aussi loin que lorsqu'il marchait dans ce joli chemin dont son regard suivait les méandres ; ce chemin paisible, bordé de villages, qu'il avait dédaigné...

La fatigue autant que l'admiration le retinrent près d'une heure en face de ce tableau merveilleux.

Il s'était laissé tomber sur un quartier de roc, à l'ombre d'un arbre grêle poussé dans la fente du granit.

Miré vint appuyer sa tête sur les genoux du jeune homme, câlinement.

— Mon pauvre vieux, je suis bien las ! Et toi ? interrogea Farandole en caressant son chien.

Celui-ci agita la queue.

— Ton amitié me repose, disait son joyeux mouvement.

Kiki s'était enfin décidé à sortir de sa cage. Il voleta un instant aux alentours. Puis, tout à coup, il revint se poser sur l'épaule de son maître et se mit à lui béqueter les cheveux, ce qui était de sa part un grand signe de tendresse.

Clair-de-lune lui-même, en dépit de son indolent égoïsme, exprimait dans sa façon de quêter des caresses un vague désir de les rendre.

Comme s'ils eussent compris quels ennuis accablaient Julian, tous trois s'efforçaient de lui prouver leur attachement.

— Moi aussi je vous aime bien, mes pauvres amis ! Et c'est bon de s'aimer, ça fortifie ! s'écria-t-il en se levant presque rasséréné.

On reprit l'ascension.

Mais les difficultés se multipliaient sous les pas du voyageur.

Plus de sentier, plus rien qui pût lui servir de point de direction.

A tout instant, de larges et profondes crevasses le forçaient à de longs circuits.

Il montait... voilà tout ce dont il était sûr.

Enfin, vers midi, au sortir d'un fourré, il vit devant lui le site qu'Antonio lui avait dépeint.

De fait, l'illusion était possible. La nature s'était amusée à prendre des airs de vieux castel démantelé. Rien n'y manquait, pas même les revêtements de lierre.

Farandole s'avança jusqu'à l'extrémité du plateau.

Celui-ci se terminait par une falaise à pic, au bas de laquelle roulait le torrent.

Paolo avait bien choisi le lieu de son repaire.

Protégé par une telle défense naturelle, il ne lui restait à surveiller que le chemin par lequel était venu Julian.

Cette pensée, traversant l'esprit du jeune homme, fit courir dans ses veines un frisson de terreur. Instinctivement il tourna la tête afin de s'assurer que la retraite ne lui était pas fermée encore...

Mais la réflexion lui fit hausser les épaules et se moquer de lui-même.

Qu'était-il venu chercher ? des brigands... Et le voilà qui, sottement, tremblait d'en apercevoir un...

Revenant sur ses pas, il déposa au pied d'un buisson sa mandoline et la cage où Kiki s'était à nouveau réfugié.

Puis, il se mit en devoir d'exécuter les recommandations d'Antonio.

Mais la roche qui dominait les autres était plus aisée à découvrir qu'à escalader.

Elle se trouvait située au fin bord du ravin. Rien qu'à la regarder on en prenait le vertige.

Le voyageur se résolut pourtant à y grimper.

Il était parvenu aux deux tiers du chemin quand soudain il s'arrêta net !

Un gémissement montait du sol, à la place même où était posé son pied.

Julian ne respirait plus.

Que le repaire des bandits fût dans les environs, il devait bien s'être habitué à le croire, puisqu'il n'était venu que dans cette espérance.

Et, cependant, cette plainte s'élevant de la terre qu'il foulait le glaçait d'effroi.

Quelque prisonnier sans doute ? Ce qu'il allait devenir lui-même dans un moment, peut-être.

Pour essayer de se rassurer, il évoqua le souvenir des deux hommes avec qui il avait mangé, bu et causé la veille.

Ils ne paraissaient méchants ni l'un ni l'autre.

Ils ne paraissaient pas malhonnêtes non plus, il est vrai, ce qui n'empêche qu'ils lui avaient pris son argent.

On ne doit guère se fier à la mine !...

Son cœur tremblait dans sa poitrine, comme Kiki en face du chat.

Tout à coup la plainte se renouvela plus forte. Une voix d'homme à l'accent étranger prononça d'un ton suppliant :

— Qui que vous soyez, venez à mon secours !

Ému de compassion, Farandole rappela à lui son courage et répondit :

— Que puis-je pour vous ? Dites-le-moi. Je m'efforcerai de vous venir en aide.

Il s'était mis à genoux, pensant entrevoir le prisonnier.

— Je vous distingue parfaitement, moi, déclara celui-ci. Vous avez les yeux bleus et les cheveux blonds des hommes du Nord chez qui je me rends...

Mais ne cherchez pas à me voir que je ne vous aie appris qui je suis, car...

— Le plus pressé, interrompit Farandole, c'est de vous tirer de là ! Nous causerons plus tard. Les bandits peuvent survenir...

— Nous n'avons rien de pareil à redouter. Le chef est venu ce matin chercher tous ses hommes pour une expédition qui doit les tenir éloignés quelques jours, si j'en juge par les provisions qu'ils m'ont laissées.

— Mais alors, fit Julian ramené à ses propres soucis, j'ai perdu mon temps, moi, en montant ici. Je ne puis les attendre ! De quoi vivrais-je ?

Il se repentit aussitôt de ce calcul égoïste et se hâta de reprendre :

— J'espère vous sortir d'embarras. Si j'y parviens, je ne regretterai pas ma peine.

JULIAN COURAIT SANS SE DETOURNER

Et, dans sa foi sincère, il pensait :

— La Madone savait bien ce qu'elle faisait en me conseillant de monter...

Ces réflexions ne l'empêchaient pas d'agir. Il était retourné sur ses pas, explorait le plateau, furetait partout, dans l'espoir qu'un indice quelconque lui ferait découvrir l'entrée des grottes dont les bandits avaient fait leur demeure.

Le prisonnier n'avait pu lui donner aucune indication utile.

Amené la nuit, les yeux bandés, il ne savait qu'une chose, c'est qu'on avait ouvert et fermé cinq portes avant celle de sa prison.

Julian errait donc au hasard. Aussi ses recherches demeurèrent-elles infructueuses.

Après y avoir employé deux heures, il y renonça et revint s'agenouiller tout contre la fissure d'où le prisonnier recevait la lumière.

Agrandir cette fente étroite ! il n'y fallait pas songer.....Avec quels outils ?... Mais annoncer au malheureux qu'il devait perdre tout espoir de recouvrer la liberté, le cœur excellent du jeune homme s'y refusait absolument.

Après avoir avoué sa déconvenue, il ajouta donc :

— Il me reste à explorer le côté du torrent. Ne cessez point de parler afin que je ne m'écarte pas du lieu où vous êtes.

Sans faire allusion au péril qu'il allait affronter, Julian s'avança jusqu'au bord du ravin, et, se couchant à plat ventre, se glissa le long de la corniche étroite qui longeait l'abîme.

Un instant il se crut la proie du vertige. La tête lui tournait.

— Mon Dieu, murmura-t-il, venez-moi en aide ou je suis perdu !

Il ferma les yeux et se tint quelques secondes dans une immobilité absolue.

Instinctivement, sa main s'était cramponnée à une pierre faisant saillie.

Enfin, ses genoux se raffermirent. Il put regarder l'abîme.

La voix du prisonnier ne cessait de se faire entendre. Que disait-il ? Julian n'en comprenait pas un mot. Tout ce que percevaient ses oreilles bourdonnantes, c'étaient des sons vagues mais toujours plus distincts à mesure qu'il avançait.

Quand il se crut vis-à-vis de l'inconnu, il éleva la voix à son tour.

Et ils purent se convaincre que l'épaisseur du rocher les séparait seule l'un de l'autre.

Julian eut alors l'inspiration de creuser le sol en dessous.

Tout auprès, des éboulements s'étaient produits.

4

Pourquoi le quartier de granit qu'il cherchait à déplacer offrirait-il plus de résistance ?

Déjà les pluies l'avaient miné.

Le passage serait dangereux, mais on n'avait pas le choix.

Après une demi-heure d'un travail acharné, il dit à l'inconnu :

— Essayez de creuser, vous aussi.

Presque aussitôt, il perçut cette réponse surprenante :

— Le bloc où je m'appuie oscille, prenez garde.

— Il tient encore, n'ayez aucune crainte pour moi, répliqua Farandole qui se remit de plus belle au travail.

Il y employait ses mains, les pierres aiguës qui se trouvaient à sa portée, son couteau, suivant que le terrain était plus ou moins malléable.

De temps à autre il criait :

— Essayez de l'ébranler.

Et chaque fois l'oscillation s'accentuait davantage.

Enfin la portion de granit minée ne reposa plus que sur quelques cailloux.

— A présent, commanda le jeune homme, tenez-vous coi. Le rocher ne demande qu'à rouler... Je me sauve. Quand je serai là-haut je vous avertirai.

Et, sans attendre la réponse, sentant le sol céder sous ses pieds, il remonta en toute hâte.

Le hasard voulut que son regard tombât sur sa mandoline.

Aussitôt, d'un mouvement tout machinal, il passa la courroie par-dessus sa tête. Puis, il prit à la main sa cage qui était à quelques pas plus loin.

Il obéissait inconsciemment à l'habitude. Son esprit était ailleurs...

Mais Kiki et la mandoline durent à cette circonstance de ne pas finir leur vie sur ces rochers.

Les yeux fixés sur le point où l'éboulement allait se produire, le jeune homme attendait.

Soudain, un bruit formidable domina la grosse voix du torrent.

C'était à croire que la montagne tout entière s'engouffrait dans l'abîme.

Le sol en fut ébranlé.

Le rocher, chassé de sa place, bondissait, arrachant à son tour d'autres blocs qui roulaient à sa suite.

Qu'était-il advenu du prisonnier ? Pourrait-il sortir par la voie périlleuse qui lui était ouverte ?

Supposant qu'il aurait besoin d'aide, Julian se rapprocha.

Tout à coup, au lieu de celui qu'il comptait voir paraître, il distingua, émergeant de la falaise, la tête d'un ours brun énorme...

Et Mi-ré aussi l'aperçut !

Et tandis que le chien se rangeait derrière son maître en hurlant de terreur, le maître lui-même, saisi d'une épouvante folle, s'enfuyait sans choisir sa route.

Ses mains tremblaient si fort qu'à tout instant il craignait de lâcher la cage où l'oiseau, ahuri de cette course éperdue, se tenait cramponné.

Clair-de-lune bondissait à devancer un tigre.

Julian courait sans se détourner.

Il n'avait nul besoin, au reste, de s'assurer que l'ours l'avait éventé et le poursuivait.

Les pierres roulant sous les pas du fauve, le craquement des branches, lorsqu'on fut sous bois, avertissaient le jeune homme qu'il était derrière lui, gagnait du terrain, allait l'atteindre...

Un moment vint où la respiration, les forces, tout manqua au pauvre Farandole. Il suffit d'un caillou pour lui faire perdre l'équilibre.

Sa cage s'en alla tomber à dix mètres, et lui s'abattit comme une masse.

Il eut alors la perception très nette d'une énorme patte velue se posant sur son épaule.

C'était la mort ! une mort horrible !

Traversant son cerveau alors qu'il se sentait impuissant à se défendre, cette pensée lui causa une telle angoisse qu'il s'évanouit.

CHAPITRE III

Le grand vizir du sultan Mongoulou

Lorsque Farandole reprit connaissance, il fut bien étonné de se voir assis au pied d'un arbre, sa mandoline sur les genoux.

Tout s'embrouillait dans son esprit...

Soudain, il se rappela sa course folle, l'apparition qui l'avait motivée !...

Où était l'ours ? Qui l'avait tué juste à temps pour l'empêcher de dévorer sa proie et même de l'entamer ?

Car il n'avait pas la moindre égratignure et ne ressentait d'autre mal qu'un peu d'engourdissement dans tous les membres.

Et Mi-ré ? Et Clair-de-lune ? Et son pauvre moineau ? Qu'étaient-ils devenus ?

Tandis qu'il essayait d'y réfléchir, ses yeux cherchaient autour de lui quelque indice pouvant l'aider à tout comprendre.

Ce que rencontrèrent ses prunelles bleues lui parut si invraisemblable qu'en une seconde, sans savoir comment, il se trouva debout.

A trois pas de lui, paisiblement assis sur une pierre, l'ours s'occupait à remplir d'eau l'augelet de Kiki.

L'oiseau se tenait à l'entrée de sa cage, un peu hérissé encore, mais l'air déjà plus qu'à demi apprivoisé !

Spectacle non moins étourdissant, Mi-ré et Clair-de-lune, couchés devant le fauve, se léchaient les babines comme au sortir d'un succulent repas...

— Je rêve ! murmura Julian.

Mais déjà, d'un geste rapide, l'ours avait rabattu la tête de son effrayante fourrure et présentait aux regards ahuris de Farandole un visage d'homme !

— Chasse loin de ton âme tout sentiment d'effroi, prononça l'inconnu d'une voix douce.

Pétrifié de surprise, Julian le contemplait sans paraître l'entendre.

Ce n'était assurément ni un Italien, ni un Grec, ni un Turc, encore moins un Français, et le fils du luthier ne se souvenait pas d'avoir jamais rencontré dans Venise personne qui lui ressemblât.

Son teint rappelait la couleur du citron mûr. Ses cheveux noirs, frisés comme la laine d'un mouton, en avaient l'aspect laineux et gras.

En dépit de son nez légèrement aplati et de la coupe oblique de ses yeux, sa physionomie était belle et l'expression en était bienveillante et noble.

On devinait, à la longueur de sa barbe, qu'elle n'avait pas été taillée depuis longtemps.

— Qui donc êtes-vous ? demanda Farandole quand il lui fut enfin possible de parler.

— Je suis celui dont tu as sauvé la vie. Que ne m'as-tu laissé t'expliquer auparavant sous quel déguisement le malheur me condamne à vivre ! Que ne t'es-tu seulement retourné dans ta fuite ? En me voyant courir sur deux pieds comme toi, peut-être aurais-tu compris...

— Ah ! rien du tout ! J'étais trop effrayé ! Je supposais qu'en faisant rouler le rocher vous aviez dérangé un ours qui voulait passer sur moi sa mauvaise humeur.

Aussi, pourquoi avoir choisi un tel habit ?

— Je ne l'ai pas choisi, mon garçon, et, tout gênant qu'il soit, il ne laisse pas de m'être cher. Je lui dois d'exister encore...

Hélas ! désormais, je ne serai plus en sûreté même dans ma peau d'ours, poursuivit l'inconnu d'un air soucieux. Et les bandits qui m'ont fait prisonnier ne m'ont pas laissé la possibilité d'en sortir.

Je ne suis vêtu sous cette épaisse fourrure que de caleçons de soie... J'ai les pieds nus...

Au fait, reprit-il après un instant de réflexion, quand ils m'auraient laissé mon costume de grand vizir, à quoi cela m'avancerait-il ?

— Grand vizir ? vous êtes grand vizir ? interrogea Farandole ébahi.

L'étranger fit un signe affirmatif, tandis qu'une involontaire expression de fierté passait sur son visage.

Il en sourit lui-même et reprit :

— Le prince Naïva, grand vizir du sultan Mongoulou, est en ce moment plus misérable que le plus humble chevrier. Celui-ci peut au moins dormir tranquille sous le ciel, s'il ne possède ni un toit ni une tente... Il n'y a plus

L'OURS REMPLISSAIT D'EAU L'AUGELET DE KIKI

pour moi de sécurité nulle part, maintenant que Paolo sait ma tête mise à prix.

— Je ne comprends pas, murmura Farandole.

— Que ne comprends-tu pas, mon enfant ?

Pourquoi le sultan a mis ma tête à prix ? Tout simplement pour se donner le plaisir de la voir tomber à ses pieds.

— Que vous reproche-t-il donc, fit Julian. Puis, tout de suite, pressentant qu'il venait d'être indiscret :

— Je vous demande pardon, seigneur grand vizir. Je ne suis qu'un pauvre garçon peu habitué à converser avec les grands. Je n'ai de ma vie parlé au doge, à peine l'ai-je rencontré dix fois dans Venise.

Le grand vizir haussa doucement les épaules.

— Ne t'excuse pas. Il n'y a plus ici ni paysan ni prince, mais deux frères dont l'un vient de sauver la vie à l'autre.

Tu sauras toute mon histoire. Attends jusque-là pour me juger.

Commençons par nous éloigner de ce lieu où mille dangers nous menacent. Une fois en sûreté, nous causerons.

Penses-tu pouvoir marcher ?

Farandole se mit à rire.

— Vous avez vu si la peur me donne des ailes.

— Je croyais voir courir devant moi le vent du désert. Tu ne te ressens plus de ta chute ?

Le jeune homme remua les bras, les jambes, pour essayer leur souplesse.

Et, rassuré sur son état, il répondit :

— Non, non, rien. L'effet en est tout à fait disparu.

— Marchons donc. Notre repas du soir est assuré. Je me suis muni des provisions que les bandits m'ont laissées. C'est même ce qui m'a permis d'apprivoiser si aisément les bêtes.

Ils se remirent en route après s'être ainsi partagé les fardeaux :

Julian prit sa cage et sa mandoline, le grand vizir offrit un asile à Clair-de-lune dans une des poches qui doublaient sa peau d'ours.

Mi-ré ouvrit la marche.

Tout en se frayant un chemin dans le taillis, Julian conta son aventure de la veille, et, partant de là, toute son histoire.

Lorsque le grand vizir apprit qu'il se rendait en France dans le duché de Bourgogne, il eut une exclamation de joie et s'écria :

— Bouddha voulait notre rencontre ! C'est aussi le but de mon voyage.

5

J'ai connu le duc de Bourgogne, monseigneur Hugues, à un tournoi donné en l'honneur des dames par le roi de France.

Mon maître, ayant appris de trafiquants occidentaux ce qu'étaient ces joutes merveilleuses, envoya une ambassade au roi afin de solliciter, pour ceux qui la composaient, la faveur de lutter contre les chevaliers francs.

Chacun de nous pouvant faire preuve de noblesse, le roi consentit.

J'eus le redoutable honneur d'avoir Hugues de Bourgogne pour adversaire. Je fus vaincu.

Mais le duc mit tant de modération à profiter de sa victoire, il exalta si fort ma vaillance que mon cœur fut plus touché et plus fier que si j'eusse triomphé.

Nous fîmes amitié ensemble.

Alors que la terre entière me refuserait asile, je me réfugierais, confiant, dans son duché !

Cela, on le sait à la cour du sultan... C'est ce qui rend mon voyage si périlleux, car mes ennemis, eux aussi, ont pris la même route...

Achevons donc notre voyage sans nous séparer. Nous nous serons l'un à l'autre un appui.

J'implore Bouddha pour qu'il permette que je te rende à mon tour quelque service.

S'il m'en offre l'occasion, mes mains la saisiront plus rapidement que l'aigle ne saisit sa proie.

— Merci bien, seigneur grand vizir, mais, hélas ! le seul bon office qui m'importe, vous ne sauriez me le rendre...

Car, vous ne pouvez me faire recouvrer les écrits restés aux mains de Paolo et qui seuls font foi que je suis propriétaire du Cigalier.

— Sur ma demande, monseigneur Hugues fera reconnaître tes droits.

— Le moyen ?... J'ai oublié le nom du village où se trouve située ma maison ! s'écria Farandole presque en colère contre lui-même.

— Qu'à cela ne tienne ! Le duc mettra des hommes en campagne jusqu'à ce qu'on t'ait retrouvé ton Cigalier, mon jeune camarade. Aie donc l'esprit en repos à ce sujet.

Ne pensons qu'aux moyens de parvenir en France sans nouvelles aventures.

Et pour cela, tâchons de nous orienter, car, seul, Bouddha sait comment nous sortirons de ce défilé : vois où nous sommes !

Julian, qui marchait au hasard, sans autre préoccupation que celle de ne point retourner sur ses pas, leva les yeux et regarda autour de lui.

ÉLOIGNONS-NOUS DE CE LIEU OÙ MILLE DANGERS NOUS MENACENT

L'horizon, limité en face d'eux par une montagne inaccessible, laissait apercevoir à droite, au premier plan, un précipice et à gauche une forêt de sapins étagée sur une pente à donner le vertige.

Par où choisir?... ils ne savaient... Ils s'assirent, pour délibérer, sous une roche surplombant un peu.

Mi-ré ne leur fit pas longtemps compagnie. Après avoir humé l'air de côté et d'autre, il disparut sous les sapins.

Julian n'y prit pas garde, non plus que son compagnon.

Ils étaient l'un et l'autre accablés par la chaleur et la fatigue.

Le corps affaissé, l'esprit somnolent, ils restaient dans une immobilité absolue et n'échangeaient que de rares paroles.

Encore n'était-ce guère que pour se plaindre de la soif.

Quant au choix d'une route, ils étaient si perplexes qu'ils ne pouvaient en décider.

Près d'une heure s'écoula ainsi.

Tout à coup, sans qu'on l'eût vu revenir, Mi-ré se trouva devant son maître.

— Il a découvert une source, s'écria le jeune homme, voyant le caniche secouer joyeusement sa toison ruisselante.

— Nous pourrons peut-être passer où il a passé lui-même, observa le grand vizir. Si tu lui commandais de nous guider, penses-tu qu'il comprenne?

— Mi-ré comprend tout ce qu'on lui dit, repartit vivement Julian.

Et, donnant une caresse au fidèle animal, il prononça :

— Allez!...

Le chien ne se fit pas prier pour obéir. Tournant le rocher sous lequel s'abritait son maître, il se laissa glisser jusqu'au premier sapin.

Une fois là, il regarda Farandole et attendit.

Celui-ci n'hésita pas à le rejoindre. Il avait confiance dans l'instinct du caniche.

Mais le grand vizir demeurait en haut, irrésolu...

Soudain son jeune compagnon tourna vers lui son visage étonné.

— Ah! vous pouvez vous risquer, fit-il. Je suis sur la première marche d'une sorte d'escalier... Est-ce assez curieux?

La descente s'opéra sans le moindre danger et les deux fugitifs se trouvèrent bientôt sur un plateau large de quelques mètres.

A leurs pieds un abîme. En face d'eux une muraille de granit. De source, pas la moindre trace...

Ils se regardaient, ne sachant que penser.

— Mi-ré s'est baigné, cependant, remarqua Farandole.

— Et cet escalier n'aurait aucune raison d'aboutir à ce plateau si ce plateau ne recélait quelque passage, observa le grand vizir.

Il est même inquiétant pour nous, cet escalier. La main de l'homme est visible dans ce travail. Et qui a pu tailler ainsi le roc, sinon les habitants de là-haut ?...

Mi-ré prêtait à ce colloque une attention impatiente.

A la fin, voyant qu'on ne lui commandait rien, il vint frôler son maître.

Celui-ci comprit et dit en souriant :

— Cherche !...

Aussitôt le chien bondit jusqu'à un buisson où il disparut.

Laissant sa cage et son chat à la garde du grand vizir, Julian suivit.

Il reparut bientôt, l'air tout à la fois inquiet et satisfait.

— L'eau est là, tout près. Elle tombe d'une voûte. Le sol est rocailleux. On dirait le lit d'un torrent desséché. Six hommes y marcheraient de front. Seulement n'allons-nous pas trouver à l'autre extrémité quelque bandit peu disposé à nous livrer passage ?

— Nous n'avons pas le choix... Que Bouddha nous garde !

Leur soif apaisée, ils s'enfoncèrent donc résolument sous la montagne.

Il leur fallait marcher dans l'obscurité et ils tremblaient à chaque instant de tomber dans quelque trou.

Mais le sol commença bientôt de monter un peu.

Il fut dès lors parfaitement sec.

Et, tout à coup, une lueur grosse comme une luciole leur apparut dans le lointain.

Mi-ré, envoyé en éclaireur, n'ayant donné aucun signe d'inquiétude, les deux hommes avancèrent rapidement.

Ils avaient hâte de se retrouver au grand jour.

La sortie du passage était aussi savamment dissimulée que l'entrée. Mais le lieu où elle aboutissait n'y ressemblait en aucune façon.

Sa vue arracha un cri de joie aux voyageurs.

Devant eux s'étendait la plaine, et, tout près, serpentait une route au delà de laquelle s'élevaient des maisons, se groupaient des villages...

Ils étaient sauvés !

Ils allèrent s'asseoir à une certaine distance, dans un bois d'oliviers.

Le grand vizir n'osait descendre jusqu'à la route.

Son déguisement était trop remarquable pour qu'il pût espérer passer inaperçu.

Ayant à craindre désormais, outre les émissaires du sultan, Paolo et sa

DEVANT EUX S'ÉLEVAIENT DES MAISONS

bande, qui, sûrement, ne renonceraient point à une pareille capture, il ne voyait de salut que dans l'obscurité de la nuit.

Julian consentit volontiers à ce que désirait le prince Naïva.

Depuis qu'il le savait proscrit, traqué, menacé dans sa vie, il se sentait plein de pitié et de respect pour son infortune.

Il fut donc décidé qu'on ne marcherait que sous la clarté des étoiles.

— En attendant le coucher du soleil, je vais te conter mon histoire, dit le prince à son jeune compagnon.

Puisses-tu en tirer la morale que j'en ai tirée moi-même pour l'avenir.

C'est que, lorsqu'on héberge le bonheur, il ne faut pas recevoir l'ambition à sa table, car ce sont deux hôtes qui vivent rarement d'accord.

— Ainsi pensait mon grand-père que mon père m'a commandé de prendre pour modèle, observa Farandole.

— En quoi il fit sagement, reprit le grand vizir, qui poursuivit :

N'exerçant aucune charge à la cour, je me retirai dans mon château de Mengis-Kan sitôt après mon mariage avec la princesse Aldamès.

Elle me donna cinq garçons tous beaux et robustes.

Je me trouvais parfaitement heureux et n'avais autre chose à solliciter de Bouddha que le soleil ou la pluie, suivant que mes récoltes réclamaient la chaleur ou l'humidité. Aldamès partageait la simplicité de mes goûts. Mon plus grand plaisir était de recevoir nos parents et nos amis, ou d'aller leur faire visite.

Le prince Naïva soupira et son visage prit un air attristé.

— Ce sont eux cependant, ces parents et ces amis dont je goûtais si fort la compagnie, qui furent cause de mes malheurs.

Ayant eu affaire à Karakorum, qui est la capitale de la Mongolie, mon pays, je m'y rendis pour quelques jours.

Dans le temps que je m'y trouvais, j'eus l'insigne honneur de rencontrer S. M. Mongoulou.

Mes traits lui rappelèrent ceux de mon père, qu'il avait beaucoup aimé.

Il se trouvait dépourvu de grand vizir, ayant fait décapiter le sien l'avant-veille.

Il me proposa la place : j'acceptai.

J'entrai en fonction le soir même.

Devenu l'homme le plus puissant de l'empire après le sultan mon maître, j'eus des palais, des officiers, des serviteurs, des esclaves, à peupler une province.

J'en ressentis un peu d'orgueil et beaucoup de contentement.

Et je n'eus rien de plus pressé que d'annoncer mon élévation à mes parents et à mes amis.

Ils en éprouvèrent tant de joie qu'en place de me féliciter par message, ils m'apportèrent eux-mêmes leurs compliments.

La princesse Aldamès, au contraire, me supplia de taire son existence et celle de nos enfants à mon maître, et me demanda d'attendre une année avant de les appeler, elle et mes fils, à la cour.

Mégiars, mon frère de lait, se chargerait de notre correspondance, ajoutait la princesse.

Je souscrivis à ce qu'elle désirait.

Mais, la sachant de bon conseil, je la consultais à tout propos, si bien que notre fidèle messager passait sa vie sur les grands chemins.

Et tu vas voir combien j'en dois remercier Bouddha.

Mes embarras surpassèrent bientôt de beaucoup mes satisfactions.

Et qui en fut la cause? mes amis et mes parents.

Venus pour se réjouir avec moi, ils ne pouvaient consentir à me quitter.

Tout d'abord, je me sentis touché d'une affection si grande.

Mais je ne tardai pas de m'apercevoir qu'elle s'adressait moins à moi, le prince Naïva, qu'à la puissance du grand vizir, car ils me demandèrent tous des emplois.

J'en obtins sans peine, et de magnifiques, pour les deux fils de mon oncle.

Cette faute commise...

— Une faute? interrompit Farandole étonné. J'aurais pensé qu'obliger les siens était un devoir...

— Distinguons, mon enfant, reprit finement Naïva. Autre chose est d'aider ses parents et ses amis à ses propres dépens, autre chose est de les aider aux dépens de son maître. Or, que faisais-je, sinon cela?

Penses-tu que ce fût bien reconnaître la confiance du sultan, de mettre, en des places qu'ils étaient incapables de remplir, des gens dont tous les droits consistaient à porter le même nom que moi?

Si encore cela se fût borné à mes cousins!

Mais le torrent débordant dans la plaine pourrait seul te donner une idée du flot de solliciteurs dont j'étais assailli.

Leur nombre augmentait sans cesse, car ceux que je n'avais pas contentés la veille revenaient le lendemain.

Si bien qu'à chaque audience, rien qu'en disant « oui » ou « non » de la tête, j'en prenais le torticolis!

Je finissais par être le grand vizir de ma famille et non plus celui du sultan Mongoulou.

Je n'avais plus le temps d'administrer les affaires des provinces; celles de mes amis absorbaient mes nuits et mes jours...

Bien mieux, moi qui rendais la justice, j'aurais dû, pour les contenter, agir contre toute justice, car ils allaient jusqu'à m'apporter leurs procès et me sommer de leur donner raison quand ils avaient tort, uniquement parce que nous étions nés sur la même partie du territoire.

6

Ils eussent fait de moi un vase d'iniquités si je n'y eusse mis bon ordre en leur fermant ma porte à tous.

Mais cette révolte de ma conscience devint ma perte.

Tous ces affamés d'emplois, se voyant déçus, se liguèrent pour me renverser. Je n'eus bientôt plus un ami à la cour.

— Mais vos cousins? Ceux que vous aviez élevés si haut?

— Mes cousins, fit en souriant avec indulgence le bon Naïva, mes cousins n'avaient qu'un souci : celui de rester en leurs places.

Pour être un ami sûr, vois-tu, Julian, il ne faut pas tenir à sa fortune plus qu'à ses amis... Si jamais tu deviens grand vizir...

— Je suivrai l'exemple de mon grand-père, tenez-vous-en pour assuré, interrompit Julian. Votre histoire me confirme dans mon idée, qu'il n'en est pas de meilleur.

— Tu auras raison, approuva mélancoliquement le prince. Tu ne seras, ainsi, pas exposé à habiter la peau d'un ours.

— C'est en effet un singulier refuge. Si singulier que je ne peux comprendre comment vous est venue cette drôle d'inspiration.

Ce n'est pas moi qui l'ai eue, c'est la princesse Aldamès.

Mégiars la tenait au courant de tout ce qui se tramait contre moi, tandis que, d'après son ordre, il me le laissait ignorer, afin que mon visage tranquille abusât mieux mes ennemis.

Prévoyant qu'un jour il me faudrait fuir, d'avance, Aldamès m'en avait préparé les moyens.

Aucun cheval ne lui paraissait assez vite, aucun déguisement assez sûr.

Voilà pourquoi elle imagina de me transformer en ours.

Tu vois si je dois l'en bénir, puisque son stratagème m'a permis de venir jusqu'ici sans tomber aux mains de Norr et d'Ingassou.

— Qui sont ceux-là?

— Mes ennemis les plus acharnés, parce qu'ils attendaient de moi davantage encore que mes autres amis.

Ils voulaient que je dépouillasse à leur profit un enfant sans défense, un orphelin...

Mais si tu désires tout apprendre, laisse-moi te raconter d'abord mon départ de Karakorum.

Il faut te dire qu'en mon pays le sultan est le maître absolu de la vie de ses sujets.

NOUS PASSÂMES DEVANT LES JANISSAIRES

La première chose que nous enseignons à nos fils, c'est que leur tête ne tient sur leurs épaules que par la très gracieuse permission de Sa Majesté.

Ses jugements sont irrévocables et toujours exécutés sur l'heure.

Mongoulou est aussi juste que violent, il faut le reconnaître. En outre, il est crédule, comme la plupart des honnêtes gens.

Il n'a donc point été malaisé de lui faire entendre que j'avais attiré à Karakorum les habitants de ma province, dans le but de le renverser et de prendre sa place.

Ma tête ne tenait plus sur mes épaules que par un fil prêt de casser...

Et ce n'était point le cordon qui m'attendait.

C'était la honte de l'exécution publique.

L'orgueilleuse droiture de Mongoulou a rejeté cette fin discrète au fond d'un palais muet.

Il lui a substitué, même pour les coupables du plus haut rang, le yatagan qui appelle le grand jour, ameute la foule et provoque l'opinion, qu'il se plaît à braver.

La mort, quand on est innocent, ce n'est rien... Mais la honte !... la honte qui marque au front les fils du condamné !...

Mégiars savait bien qu'il me suffirait d'y penser, pour accepter tout moyen de m'y soustraire.

Il pénétrait toujours chez moi par un couloir secret dont lui seul avait une clé.

Comme il vivait fort retiré, se montrait peu au dehors et jamais dans l'intérieur du palais, personne ne le connaissait pour m'appartenir.

Aucun de mes officiers ne l'avait jamais rencontré chez moi, sa prudence lui ayant inspiré de m'apporter les messages de ma femme ou de venir prendre les miens seulement la nuit.

Je ne fus donc pas inquiet tout d'abord quand je le vis paraître.

Mais je changeai bientôt de sentiment.

— « Prince, me dit-il, levez-vous et fuyons, dans une heure le palais sera cerné. Vous devez être jugé à l'aube. »

Jugé, c'est-à-dire exécuté.

Sans demander d'explications — ce n'en était point le lieu — je commençai de me vêtir.

Il me pria de garder seulement mes caleçons de soie et d'endosser l'étrange vêtement qu'il tenait à la main.

Je le vis alors déplier cette fourrure, puis l'étaler comme un habit.

Je protestai.

L'idée d'entrer dans la peau d'un ours m'était insupportable.

Mais, quand j'eus examiné l'intérieur, je me résignai.

Tout est combiné pour en faire à la fois un vêtement, un garde-manger et un portemanteau.

Il s'y trouvait un habit d'une grande richesse, des provisions pour quelques jours, et les bijoux les plus précieux de ma chère Aldamès.

Elle avait tout prévu.

Je me glissai donc dans la peau de mon ours, et, après en avoir ajusté les fermetures, je suivis mon fidèle serviteur.

Lui-même avait modifié son costume.

Il portait un bonnet de forme étrangère, une longue tunique, et s'était muni d'une chaîne et d'un bâton.

Ces deux instruments m'intriguaient fort, mais je ne devais pas tarder d'en comprendre l'usage.

Après m'avoir fait suivre un long couloir qui desservait les cuisines et aboutissait à une petite porte perdue dans la muraille, il me glissa la chaîne autour du corps et me dit en gémissant :

— « Me voilà montreur d'ours... Mon cher frère et prince, je vous en conjure, mettez-vous à quatre pattes, car il va nous falloir passer devant les janissaires. »

Naïva leva les yeux, comme pour en appeler au ciel d'une telle humiliation, et, de sa voix traînante d'Oriental, il prononça avec emphase :

— Et la lune et les étoiles purent contempler le prince Naïva, grand vizir du sultan Mongoulou, quittant son palais à quatre pattes !...

— Eh bien, s'écria Farandole, la lune et les étoiles contemplèrent un homme à qui l'honneur était plus cher que tout... Ce spectacle a dû leur plaire.

Naïva sourit, rasséréné.

Une légère expression de raillerie passa même sur ses lèvres quand il reprit :

— Un édit défendait l'entrée de Karakorum à tout animal sauvage, un édit promulgué par moi !

Parvenu à la porte, Mégiars exposa qu'en ayant eu connaissance le jour même, il désirait sortir de nuit, afin que le soleil ne vît pas un fidèle sujet du sultan contrevenir à ses ordres.

Et comme les gardes hésitaient :

« Je n'ai pas envie de voir arriver malheur à mon ours, qui est fort savant. Je le lâche par la ville, si vous ne me mettez sur-le-champ à même d'obéir à l'édit... »

La menace fit son effet. On nous ouvrit la porte.

Sitôt hors de vue, je me redressai. Et nous marchâmes jusqu'au lever du jour.

Nous venions de nous asseoir à la lisière d'une forêt pour prendre un peu de repos, quand une troupe au galop parut sur la route de Karakorum.

Je me remis à quatre pattes et bien m'en prit, car, en nous apercevant, les cavaliers arrêtèrent leurs chevaux.

C'étaient des janissaires.

Mais, sais-tu qui je reconnus à leur tête, aux côtés de l'officier qui commandait ? Huit de mes anciens amis !

J'en ressentis une telle indignation que je faillis me trahir.

Mégiars, qui s'en aperçut, m'effleura de son bâton pour me rappeler à mon rôle.

Je me couchai alors et je fermai les yeux afin de ne plus voir les traîtres.

Mais je ne pouvais me boucher les oreilles !

Et je les entendis s'informer de deux fugitifs.

« — J'ai vu passer, non pas deux, mais cinq hommes, répondit hardiment Mégiars. Leurs chevaux avaient des ailes. L'un des cavaliers devançait les autres... »

Et il fit mon portrait avec le détail si exact de mon costume de la veille que tous s'écrièrent d'une seule voix :

« — C'est lui ! »

Ils repartirent aussitôt du même train.

Trois jours plus tard, quelques-uns d'entre eux, la plupart même, se rencontrèrent encore avec nous.

Ils revenaient pensant m'avoir dépassé. Mégiars voulait les éviter, mais j'insistai pour qu'il les abordât, au contraire.

Je tenais à savoir quelles mesures avaient été prises contre moi.

J'appris que ma tête était mise à un tel prix que celui qui me ramènerait au sultan pourrait acheter la moitié de Karakorum, et que, de tous mes ennemis, Norr et Ingassou se montraient les plus acharnés.

Ils avaient juré de me poursuivre jusqu'en France et de faire le tour du monde plutôt que de revenir sans rapporter ma tête à Mongoulou.

Je voyais frissonner mon pauvre Mégiars, tandis que ceux qui lui parlaient, furieux d'avoir perdu mes traces, se répandaient en imprécations contre moi.

Ils s'éloignèrent enfin après s'être consultés sur la nouvelle route à prendre, ce qui me permit de choisir la mienne de façon à les éviter.

Je n'en étais pas moins forcé de modifier le plan de mon voyage.

A chaque étape, Norr et Ingassou annonceraient que ma tête était mise à prix et laisseraient mon signalement...

Au lieu de reprendre mes vêtements ordinaires et de faire la route à cheval, il me fallut donc la poursuivre comme je l'avais commencée, dans ma peau d'ours.

Cependant, quand j'eus atteint l'Europe, je crus pouvoir me départir des précautions que j'avais prises jusque-là.

Mégiars nous acheta deux habits de cavalier et deux bons chevaux que nous montâmes.

Je me croyais déjà au bout de mes tribulations...

Il y a quinze jours, je m'arrêtai dans une hôtellerie isolée avec l'intention d'y passer la nuit.

Comme j'en avais l'habitude, sitôt descendu de cheval, je me retirai dans ma chambre, tandis que Mégiars prenait auprès de l'hôte des renseignements sur la route à suivre, le lendemain.

Je me reposais depuis une demi-heure, quand je vis entrer mon frère de lait.

— « Norr et Ingassou mettent pied à terre dans la cour... »

Il ne put dire que ces mots.

Heureusement, ma peau d'ours était à ma portée. Comme elle renfermait ma fortune, je ne m'en séparais jamais.

Je la revêtis en toute hâte et je sautai dans le jardin sur lequel donnait ma fenêtre.

Le traverser et gagner la campagne ne demanda qu'un instant.

Je ne pensais pas, je courais, poussé par le désir de mettre d'abord le plus de distance possible entre mes ennemis et moi.

Mégiars m'avait suivi.

Une fois en sûreté, je fis halte et nous tînmes conseil.

Ce que je ne pouvais comprendre, c'est qu'ils n'eussent pas d'avance sur moi, eux qui avaient toujours voyagé à cheval.

Je finis par supposer que, ne trouvant pas mes traces au début de leur poursuite, ils avaient battu la Mongolie en tous sens avant d'aller plus loin.

Peu importait, au reste.

Ce à quoi il me fallait aviser, c'était à leur échapper cette fois encore.

Voici ce que j'imaginai.

Dans un champ voisin du lieu où j'étais, travaillait un paysan qu'à son activité je supposais devoir être un homme jeune.

Je quittai mes habits de cavalier et je les donnai à Mégiars avec une grosse somme dont je lui commandai d'offrir une partie à ce laboureur, s'il consentait à monter mon cheval et à feindre de fuir, la durée d'une ou deux étapes.

Norr et Ingassou une fois dépistés, Mégiars retournerait en Mongolie et je tâcherais d'atteindre seul la Bourgogne dont je pensais être tout proche...

La première partie de mon plan réussit. Je vis mon fidèle serviteur et le paysan quitter l'hôtellerie à cheval.

Puis, quelques minutes après, Norr et Ingassou se lancer sur leurs traces...

Je ne sais rien de plus.

Depuis, j'ai vécu bien misérablement.

L'impossibilité où me mettait mon déguisement de m'adresser à quelqu'un me forçait à me nourrir de racines.

Je fuyais la lumière du jour et je marchais devant moi au hasard, préoccupé seulement d'éviter les lieux habités.

— Mais comment Paolo s'est-il emparé de vous? interrompit Julian.

— Pendant mon sommeil, il y a quatre jours.

Je m'étais réfugié sous une futaie bordant la route. Les bandits vinrent s'y aposter pour attendre passer les voyageurs.

L'un d'eux m'aperçut. Et, comme j'avais eu l'imprudence d'entr'ouvrir ma fourrure afin de respirer plus à l'aise, ils surent tout de suite avoir affaire à une créature humaine et non à un fauve.

Ils me forcèrent à quitter ma peau d'ours et s'emparèrent de tout ce qu'elle contenait.

L'un des hommes de la bande, originaire d'une contrée voisine de la Mongolie, parvint à lire une partie des tablettes sur lesquelles j'avais écrit, pour l'instruction de mes fils, le récit que tu viens d'entendre.

C'est ainsi que les bandits apprirent qui j'étais et quelles raisons m'avaient chassé de ma patrie.

Je les entendis aussitôt parler entre eux de rançon.

7

Puis ils tirèrent au sort.

Les deux hommes choisis par le hasard s'en allèrent seller leurs chevaux.

Quand ils revinrent, je vis Paolo remettre mes tablettes à celui qui devait se présenter au sultan.

Il me fut permis d'écrire à ma chère Aldamès un mot devant servir d'introduction au bandit chargé de l'aller trouver.

Et on ne me laissa pas ignorer que je serais remis à celui qui offrirait le plus haut prix de ma personne.

Mais, vendît-elle tous nos biens, la princesse ne saurait réunir une somme égale à celle qu'ils tireront du sultan.

Celui-ci est homme à ruiner l'empire, plutôt que de renoncer à faire tomber une tête, quand il a décidé que cette tête tomberait.

Si je fusse resté aux mains de Paolo, j'étais donc perdu aussi sûrement que si j'eusse été pris par Norr et Ingassou.

Tu vois tout ce que je te dois, mon jeune camarade, conclut le grand vizir.

Julian hocha la tête.

— Je ne m'estimerai content que le jour où je vous verrai rendu à la cour de Bourgogne.

— Hélas! comment y arriver? je ne possède plus rien.

— Et moi pas davantage, repartit Farandole avec un soupir... Bah! nous travaillerons.

C'est-à-dire, se reprit-il vivement, je travaillerai.

— Pourquoi toi seul ? Je suis ours et tu m'as dit que ton chien exécutait maint tour agréable à voir...

Eh bien! tu te feras montreur d'animaux savants. Je parviendrai peut-être bien à accomplir ce dont un ours est capable.

— Quoi! vous consentiriez ?

— A tout! pour sauver l'honneur de mon nom et revoir ma femme et mes fils !

— Alors, voilà votre présence expliquée. Et puis, si le métier ne va pas, j'en ai d'autres.

On aime la musique, en Italie. Je joue passablement de la mandoline...

Deux larmes roulèrent dans les yeux de Julian, tandis qu'il ajoutait :

— Mon père a été mon professeur et c'était un grand artiste ! J'étais pourtant arrivé à le contenter et même parfois à le distraire. Quand il oubliait l'heure des repas ou du coucher, je prenais ma mandoline et je jouais l'un des airs qu'il a composés. Ça me réussissait toujours!... Je sais coudre, aussi.

Mon pauvre père aurait laissé tomber ses braies sur ses talons, si je n'en avais pris soin depuis la mort de ma mère, tant son rêve l'absorbait !

Je sais faire la cuisine. C'est moi qui m'en occupais, chez nous.

Je connais la recette de quelques plats français, la soupe aux choux, les matelins, l'étuvée, les flamusses à la courge, quelques autres encore, que je ne réussis pas trop mal, je vous assure.

Je les confectionnais de préférence parce que j'avais remarqué que mon père les mangeait de meilleur appétit.

Je m'entends un peu à faire des paniers, des engins de pêche.

J'ai bien souvent aidé notre pauvre vieux voisin, le vannier Correlli, quand ses mains, devenues trop faibles, ne pouvaient plus tordre l'osier.

Enfin, j'ai appris par hasard de notre voisine, une dame autrefois riche et maintenant forcée de travailler pour vivre, à épingler les dentelles.

Une fois qu'elle était malade, c'est moi qui ai blanchi celles de ses pratiques, et, quand je les ai reportées, elles ne se sont aperçues de rien.

Je pourrais aussi, au besoin, me louer comme gondolier ou mousse pour la pêche.

Les jours où la mère de mon camarade Daniello avait besoin de lui pour garder les petits, — il y en avait huit sans le compter, — je le remplaçais auprès de son père, qui tantôt allait jeter ses filets, tantôt promenait en gondole de beaux seigneurs et de belles dames.

— Cela fait sept métiers que Bouddha doit bénir, dit gravement le bon Naïva, car tu les as tous appris en servant ton père ou en aidant ton prochain.

CHAPITRE IV

Part à trois !

Comme pour donner raison au prince Naïva, quelques instants plus tard l'occasion s'offrait à Julian d'utiliser son talent de musicien.

Des voyageurs, allant en sens inverse, se croisèrent juste en face d'eux.

Ils s'abordèrent.

Et comme ils parlaient à haute voix, les fugitifs ouïrent leurs discours sans en perdre un seul mot.

Ils apprirent ainsi qu'ils se trouvaient dans le voisinage d'un château où l'on fêtait, par de grandes réjouissances, la naissance d'un héritier mâle.

Toute la noblesse des environs était conviée à la fête.

Depuis l'avant-veille, il en arrivait du Nord et du Midi.

Et voilà qu'au dernier moment une troupe de chanteurs et joueurs de violes, tambourins, cithares, devant réjouir les invités, avait été arrêtée par la bande de Paolo.

Celui qui narrait cette mésaventure semblait être quelque intendant.

Il s'en allait, sous la protection d'une escorte respectable, trouver Paolo de la part de son maître, afin de traiter avec lui de la rançon des musiciens.

Ces explications données, l'intendant salua jusqu'à terre ses interlocuteurs et continua sa route.

— Laissons-les s'éloigner tous, conseilla Naïva, puis, suivons à distance les invités du châtelain.

Tu offriras tes services à celui-ci comme joueur de mandoline.

— C'est vrai ! Ah ! le bon Dieu nous envoie juste à point cette aubaine.

Les voilà partis.

En avant, ils entendaient le bruit de la joyeuse chevauchée. Et, quand il n'en parvint plus rien à leurs oreilles, les traces des chevaux les guidèrent.

Après environ une heure de marche, le château leur apparut.

C'était une habitation immense défendue par huit tours à mâchicoulis, double mur d'enceinte, pont-levis, dont le style s'écartait peu de l'architecture propre aux châteaux forts de l'époque.

Les murs de la première enceinte le protégeaient, gardés eux-mêmes par des fossés profonds.

Du pont-levis on pénétrait dans la cour des gardes où ces derniers avaient leur logis.

En face du pont se dressait une tour carrée percée d'une voûte haute et large qu'on traversait pour arriver à la cour d'honneur, vaste quadrilatère pavé en marbre blanc et encadré de constructions plus élégantes que le reste de l'édifice.

Dans cette partie du château se trouvaient les salles de réception et les appartements des maîtres.

Deux passages voûtés le faisaient communiquer par le dehors avec les autres corps de logis destinés, les uns aux visiteurs, les autres aux cuisines, aux gens de service, aux communs.

L'étage supérieur des tours était seul pourvu de fenêtres donnant sur la campagne. Toutes les autres pièces du château recevaient la lumière des cours intérieures ménagées entre chacune des ailes.

Le pont était baissé en ce moment, mais des hommes d'armes gardaient la porte, sous laquelle se pressaient des groupes de seigneurs et de dames, les uns en chaise, les autres à cheval.

Farandole attendit humblement qu'on vînt le reconnaître.

Bientôt, en effet, un bas officier s'avança d'un air surpris à la rencontre des hôtes extraordinaires qui se présentaient.

Julian répéta ce qu'il avait entendu et fit ses offres de service.

— Vous ne sauriez remplacer à vous seul les chanteurs et les musiciens qui devaient charmer les convives de monseigneur le duc de Sampieri, mon maître, durant les repas, observa l'officier d'un air soucieux.

— Je ferais de mon mieux, signor. Obtenez seulement de votre maître qu'il consente à m'entendre. Si je ne lui plais pas, je m'en irai.

L'officier dépêcha l'un de ses hommes à un serviteur du château, lequel en référa au valet particulier du duc, lequel enfin soumit à monseigneur lui-même la proposition du joueur de mandoline.

Le duc daigna se rendre en personne dans la première cour, où il se fit amener Farandole et ses bêtes.

C'était un beau seigneur tout jeune et si richement habillé de velours incarnat brodé d'or qu'il éblouissait comme un soleil.

— Joue, commanda-t-il, après avoir répondu par un geste vague au salut respectueux que lui adressait le pauvre musicien.

LA DANSE DE L'OURS FIT MERVEILLE

Julian exécuta deux ou trois rigodons et d'autres airs de danse, dont le prince-duc parut satisfait.

Toutefois, avant de prendre une décision, il s'informa :

— Ces animaux sont dressés tous les quatre ?

— Non, répondit Julian avec franchise. Mon chat et mon moineau ne me servent de rien. Je les garde par amitié. Mais mon chien exécute des tours très amusants.

Le duc eut un mouvement dédaigneux de la lèvre et murmura :

— Les chiens savants ne sont pas rares... Au moins ton ours sait-il danser ?

Danser ? le prince Naïva, grand vizir du sultan Mongoulou, danser ?... Farandole n'avait pas envisagé une extrémité si dure. Il pensait que voir de près un fauve suffirait à contenter les invités du châtelain. Il regarda son ours, l'air navré, ne sachant que répondre.

Naïva agitait affirmativement la tête.

— Pauvre homme ! pensa Farandole qui sentit des larmes de compassion mouiller ses yeux.

Il se hâta néanmoins de répondre :

— Oui, monseigneur, mon ours sait danser.

— Voyons ?

— Tenez-vous à distance, monseigneur, je vous en prie, tandis qu'il va faire ses exercices. Il est très doux, mais, par précaution, je désire qu'on ne l'approche pas. D'autant que j'ai perdu sa chaîne, ajouta-t-il un peu embarrassé.

En effet, le bon Naïva avait le corps entouré d'un lien si fragile qu'une main d'enfant l'eût rompu.

Avant de pousser plus loin l'expérience, le prince fit apporter une chaîne.

Puis, quand le pauvre grand vizir fut solidement retenu par l'un des bouts, tandis que l'autre s'enroulait au bras de son dompteur :

— A présent, tu peux commencer, ordonna Sampieri.

La danse de l'ours fit merveille.

— Tu possèdes un animal surprenant, s'écria le duc au bout de quelques minutes.

Donnant le signal du repos, il commanda que ses nouveaux hôtes fussent commodément installés et promit à Julian une gratification royale si tout marchait bien à la représentation du soir.

Celui-ci ayant demandé à ne point quitter ses bêtes, on les conduisit tous les cinq dans une logette du second mur d'enceinte, située au fond de la cour des communs.

Les deux voyageurs étaient bien joyeux. Et jusqu'à l'heure où le duc les envoya quérir, ils entassèrent projet sur projet à propos de l'argent que devait leur rapporter cette soirée. Laissant Clair-de-lune faire la chasse aux rats et Kiki dormir dans sa cage, Julian suivit son guide flanqué de son ours et de son chien.

Tout en marchant à travers les cours ou les longs couloirs voûtés qui reliaient l'un à l'autre les différents corps de logis, il accordait sa mandoline et suppliait la Madone et son doux bambino Jésus de lui venir en aide.

Car il tremblait de ne pouvoir tenir ce qu'il avait promis.

ON LES CONDUISIT DANS UNE LOGETTE DU SECOND MUR D'ENCEINTE

La vue de son auditoire fit redoubler ses craintes.

Les invités du prince étaient assis dans une immense salle du rez-de-chaussée où des gradins avaient été disposés afin que tout le monde pût jouir du spectacle.

Une balustrade en chêne coupait la pièce par le milieu, rassurant les femmes qu'eût pu effrayer le voisinage d'un animal féroce.

Il y avait plus de deux cents personnes, toutes vêtues magnifiquement.

Des torches et des chandelles, masquées par des enveloppes en toile d'amiante affectant la forme de tulipes et coloriées de diverses nuances, éclairaient la salle où des cassolettes, brûlant dans les angles, répandaient une odeur exquise.

— Ça ne doit pas être plus beau chez le doge, pensa Farandole. Comment puis-je espérer d'amuser ces gens-là ?

Il salua modestement et commença par exécuter une ronde française.

On l'applaudit.

Encouragé par cet accueil, il fit entrer Mi-ré en scène.

Comme s'il en eût compris l'importance pour les intérêts de son maître, le chien se surpassa. Il fit le mort, franchit huit hallebardes tenues à hauteur d'homme, trouva tout ce qu'on lui fit chercher et rendit chaque objet à son propriétaire, sans se tromper une fois.

Il bondissait par-dessus la balustrade, parcourait d'un air réfléchi les rangs des belles dames et des beaux seigneurs, puis, quand il avait découvert la personne à qui il devait rapporter quelque chose, il se mettait debout et faisait un petit salut de la tête.

C'était à chaque succès des applaudissements, des caresses, des friandises, si bien que, volontiers, le brave toutou eût poursuivi toute la nuit la série de ses exercices.

Mais le duc Sampieri, voyant les regards de ses hôtes se tourner du côté de l'ours, fit signe à Julian de l'aller chercher.

Naïva était demeuré tout ce temps couché dans un coin où un anneau fixé dans la muraille avait permis d'attacher sa chaîne.

Il s'appliquait à prendre l'attitude de l'animal qu'il représentait, et poussait de temps à autre le grognement sourd qui le caractérise et que la nécessité d'effrayer les curieux l'avait amené à imiter parfaitement.

Toutefois, de tristes réflexions lui traversaient l'esprit.

Parmi ces gens qu'il allait lui falloir divertir, il n'en était pas un que le prince Naïva, grand vizir du sultan Mongoulou, possesseur de biens immenses, ne dépassât en puissance et en richesse aussi bien qu'en titres et grandeur.

Retour amer des choses...

Toute sa philosophie l'abandonnait!

Ah! comme il se jurait qu'une fois en sûreté chez son ami Hugues de Bourgogne, il n'écouterait plus jamais l'ambition, cette traîtresse, à qui il devait d'être si misérable!

Il se sentait donc en des dispositions assez moroses quand Farandole vint le détacher.

Le jeune homme eut le sentiment de la mortification que devait éprouver le prince.

Il lui glissa à l'oreille :

— Un peu de courage. Voyez comme tout va bien. Pensez à vos fils...

Naïva fit signe qu'il était prêt, et s'avança à quatre pattes, avec le dandinement propre à l'ours.

La perfection de sa robe d'emprunt ne lui laissait nulle crainte qu'on pût soupçonner la supercherie.

Il avait trop souvent inspiré l'effroi, mis les passants en fuite, pour redouter quelque chose à ce propos.

En fait, il ne redoutait rien... Il était triste, voilà tout.

Parvenu au milieu de la salle, il se dressa, prit le bâton que lui tendait Julian et, s'en servant comme d'un balancier, se mit en mouvement d'un air gauche et maussade.

Julian posa simplement un pied sur la chaîne. Personne n'y prit garde.

Tous les yeux étaient fixés sur l'ours qui, de temps en temps, jetait son bâton, grognait et retombait à quatre pattes, afin de mieux entrer dans son rôle d'animal peu docile et peu aimable.

En lui-même il pensait :

— Pour rester dans la vérité, Julian devrait faire pleuvoir les coups de bâton sur mon dos. C'est ainsi qu'en usent tous les dompteurs. Oh! Bouddha! où en suis-je réduit!

Mais Farandole ne pouvait songer à un tel expédient.

Il s'avisa d'autre chose.

Accordant sa mandoline, il commença par jouer un rigodon en expliquant à la compagnie :

— Cet ours est fou de musique. Vous allez en juger.

IL S'AVANÇA AVEC LE DANDINEMENT PROPRE A L'OURS

Naïva comprit qu'il pouvait cesser d'avoir des caprices.

Et il se mit à danser.

On était dans l'admiration de le voir marquer la mesure, tourner sur lui-même, dodeliner de la tête...

Convaincus d'avoir sous les yeux un ours qui comprenait et goûtait la musique, les invités du duc le félicitaient d'avoir découvert un animal si merveilleusement doué.

Personne ne pensait plus aux chanteurs.

Soudain, il se fit près de la porte un léger brouhaha. Et la tête effarée de l'intendant émergea d'entre celles des serviteurs qui s'étaient groupés sur le seuil.

Devinant qu'il avait quelque chose d'extraordinaire à lui communiquer, le duc le rejoignit.

Les rangs des serviteurs s'écartèrent aussitôt. Un colloque à voix basse s'établit entre le signor Campestan et son maître, puis, vivement, celui-ci rentra dans la salle.

Naïva esquissait alors un pas de fantaisie qui eût été un prodige d'adresse, exécuté par un ours réel.

Et, dans leur enthousiasme, un grand nombre de seigneurs, ceux des rangs les plus éloignés surtout, s'étaient levés pour mieux voir.

Tout à coup, le grand vizir, dont le regard errait, mélancolique, de côté et d'autre, aperçut Norr et Ingassou...

Eux parmi les hôtes du château ?

Le pauvre ours en resta une patte en l'air, dans une position que ses admirateurs prirent pour quelque nouveau tour de force, mais qui n'était que l'expression de son ahurissement devant une telle rencontre en un tel lieu !...

Julian constatait les effets de son trouble, sans parvenir à en démêler la cause.

Tout inquiet, il s'approcha, sous prétexte de modifier la position du bâton.

Et le grand vizir put lui murmurer :

— Là-haut ! le dernier rang... deux hommes... regarde...

Farandole n'en eut pas le temps.

Le duc Sampieri rentrait et lui faisait signe d'interrompre ses exercices.

Puis, élevant la voix et se tournant vers ses amis.

— Je vous annonce nos musiciens. Paolo a voulu les ramener lui-même afin de toucher sur l'heure le prix de leur rançon.

Il attend à cent pas d'ici.

Il aura foi en ma parole si je l'assure qu'il pourra se retirer sans être inquiété.

Mesdames, voulez-vous voir un bandit? après un ours mélomane, cela compléterait l'imprévu du spectacle.

Un cri unanime d'assentiment accueillit cette proposition.

— Allez quérir Paolo et qu'il introduise lui-même les prisonniers qu'il nous ramène, ordonna le duc.

Farandole et Naïva échangèrent un regard terrifié.

Norr et Ingassou cherchaient, il est vrai, le grand vizir sous les traits d'un homme, mais le bandit, en l'apercevant, le reconnaîtrait, et l'excès même de sa surprise lui arracherait la vérité.

Cet enchaînement de catastrophes apparut en moins d'une seconde à Naïva.

Paolo allait venir.

Sans rien calculer, d'un coup brusque il se dégagea, tourna les talons et se précipita vers la porte à peine courbé, affolé, et, heureusement pour lui, affolant tout le monde.

L'intendant tomba de peur sur son voisin.

Grâce à cette circonstance, le passage se trouva libre et Naïva put gagner la cour d'honneur avant que personne songeât à le poursuivre, pas même Julian qui avait tout compris et se sentait défaillir.

Cependant le duc se rendit compte de ce qui venait d'avoir lieu.

L'idée qu'une bête féroce errait en liberté dans le château lui bouleversa si fort l'esprit qu'en place de rassurer ses hôtes, il s'avança tout colère et interpellant Farandole :

— Tu m'avais affirmé que cet ours était doux ?

— Je vous l'affirme encore, et vous pouvez en assurer ces dames et ces seigneurs, se hâta de répondre le jeune homme, voyant la terreur gagner de proche en proche.

Quelque chose l'aura effrayé. Peut-être les lumières, peut-être le bruit des applaudissements.

Le duc hocha la tête, mal convaincu.

Il se disposait à donner des ordres à son intendant, quand il le vit à demi pâmé.

— Suis-moi, commanda-t-il alors à Julian; et, après avoir supplié ses hôtes

LE CAPITAINE FIT RANGER DOUZE HALLEBARDIERS

de ne point quitter leurs places, il l'entraîna par une porte tandis qu'on introduisait par l'autre les musiciens et Paolo.

Dans la cour, on ne savait au juste ce qui était survenu.

Mais cette masse brune qu'on avait entrevue ne pouvait être que l'ours...

A tout hasard, encore qu'on le jugeât inoffensif, tout le monde s'était armé.

Dès que Julian parut, vingt hommes l'entourèrent. Son cœur en tressauta d'angoisse.

— Où s'est-il dirigé ? interrogea le duc.

Cette question demeura sans réponse.

On ne savait... il s'était perdu dans les ténèbres.

Justement la nuit était fort obscure. Des nuages précurseurs d'un orage prochain voilaient la clarté des étoiles.

Il n'était pas dans la cour d'honneur. On s'en était assuré.

Mais quoi de surprenant ? Paolo et les chanteurs venaient d'entrer. Le portail était grand ouvert. Les chaînes grinçaient encore sur les poulies. On relevait le pont...

L'animal avait sans doute quitté le château.

— Il sera retourné dans la montagne, insinua quelqu'un.

— Ça m'étonnerait bien, pensa Farandole. Il a eu trop de peine à en sortir.

Mais il garda cette réflexion pour lui.

— Les passages voûtés étaient ouverts, c'est moi qui viens à l'instant d'en fermer les portes, déclara le capitaine des gardes, vieux reître ivrogne et batailleur. Il peut s'être réfugié dans quelque coin du château, je crois prudent de me mettre en chasse.

— Oh ! je vous en prie, ordonnez que personne ne m'accompagne, s'écria Julian. Qu'on me donne seulement une torche. Mon ours connaît ma voix, il est docile, il viendra à mon appel, si rien ne l'inquiète. Et quand même la peur le retiendrait, où qu'il soit, mon chien saura le découvrir.

— Tiens ! s'écria un piqueux ! les chiens ! c'est une idée. Si monseigneur y consent, je pourrais sortir l'une des meutes.

— Vous voulez donc la mort de mon gagne-pain ? fit Julian, navré de voir s'accumuler les dangers autour du malheureux qu'il aurait voulu sauver. Qu'on me laisse agir à ma guise et je réponds de tout.

Le duc ne savait auquel entendre. Mais le jeune homme paraissait si convaincu et se montrait si affligé qu'il finit par céder à ses instances.

Et il se borna à protéger ses hôtes contre le retour possible du fauve, en donnant l'ordre au capitaine de faire ranger douze hallebardiers devant la porte de la salle.

Ce déploiement de force attira l'attention de Paolo, alors en train de causer avec quelques seigneurs.

Il crut à une trahison.

On accuse si volontiers les autres de ce dont on est capable !

Courant au châtelain qui venait de reprendre sa place, il s'écria :

— Le duc Sampieri manquerait-il à sa parole ?

Très hautain, celui-ci repartit :

— Aucun Sampieri n'a jamais manqué à sa parole. La précaution qui vous inquiète ne vous regarde en rien.

Il s'agit d'empêcher un ours qui, tout à l'heure, divertissait les dames, de revenir les dévorer.

— Un ours ! s'exclama Paolo... Un ours brun, peut-être ?

— Il est brun en effet.

Et pour tranquilliser ses amis, le duc ajouta :

— Son maître le dit très doux.

— Ah ! si c'est celui que je soupçonne, vous pouvez le croire, fit le bandit en se tordant de rire. Cet ours est le grand vizir de Mongoulou, sultan de Mongolie.

Des protestations railleuses partirent de tous les coins de la salle.

Personne ne consentait à avoir été dupe.

— Qu'est-ce qui vous le fait supposer ? demanda Sampieri.

— Je l'ai eu en mon pouvoir. Il faut même qu'il soit d'une force extraordinaire pour s'être évadé par le...

Paolo se mordit les lèvres. Un mot de plus, et il eût mis tout son auditoire dans le secret de son repaire.

Mais cette évasion, qu'il connaissait depuis une heure à peine, lui troublait l'esprit.

D'autant plus que voici tout ce qu'il savait :

Tandis que Naïva et Julian traversaient la montagne par le chemin du torrent desséché, lui passait avec ses prisonniers par une autre route. Et l'un de ses hommes, expédié en avant, afin de préparer le logis, revenait tout effaré lui annoncer la disparition du grand vizir, au moment où le signor Campestan l'abordait pour traiter de la rançon des musiciens.

Depuis, les événements s'étaient précipités de telle sorte que Paolo n'avait pas eu le temps de réfléchir. Le hasard allait-il l'éclairer au sujet de ce départ surprenant ?

Il se le demandait et maintes questions lui brûlaient les lèvres. Mais il craignait qu'elles n'en appelassent d'autres.

Enfin il se risqua :

PAOLO SE VIT ABORDER PAR DEUX HOMMES

— Il ne voyage pas seul, monseigneur, cet ours si bien dressé ! Qui donc le conduit ?

— Il m'a été présenté par un joueur de mandoline.

— Qui possède un chien, un chat, un moineau ?

— Vous le connaissez ? fit le duc surpris.

— Nous avons logé hier à la même auberge.

— Et il n'avait pas d'ours avec lui ?

— Non, monseigneur. C'est ce qui me confirme que vous avez applaudi tout à l'heure le grand vizir du sultan de Mongolie.

Il s'apprêtait à conter par le menu l'histoire de Naïva, charmé qu'il était de se voir l'objet de l'attention générale.

Mais le duc ne lui posa aucune autre question.

S'il était humilié d'avoir été joué par un enfant de seize ans, il l'était bien davantage encore de l'apprendre de la bouche de Paolo.

Que l'ours fût un grand vizir, il éclaircirait ceci plus tard.

En ce moment il ne souhaitait qu'une chose, être débarrassé de la présence du bandit dont l'effronterie l'irritait.

Rompant brusquement l'entretien, il lui rappela qu'on l'attendait pour le conduire au lieu convenu, et il lui tourna le dos.

Paolo avait à peine franchi le pont-levis qu'il se vit abordé par deux hommes.

— N'avez-vous pas affirmé que cette peau d'ours cachait le grand vizir Naïva ? demanda l'un d'eux.

Avant de répondre, l'interpellé examina celui qui parlait, et, reconnaissant à son type un Mongol, en place de répondre, il demanda :

— Quel intérêt avez-vous à l'apprendre ?

— Nous sommes chargés par notre maître, le sultan Mongoulou, de nous en emparer. Il est coupable de haute trahison.

— Je sais qu'on l'en accuse, tout au moins, interrompit le chef de brigands, et je sais aussi le prix auquel le sultan a mis sa tête. Si je vous aide à le prendre, quelle sera ma part ?

— Nous partagerons.

— Soit, répondit Paolo après avoir hésité un instant.

Après tout ces deux hommes pouvaient lui être utiles.

Que Naïva se réfugiât dans quelque ville, ce n'est pas lui qui oserait l'aller réclamer !... Quand on l'aurait pris, on en serait quitte pour se débarrasser des émissaires de Mongoulou.

De leur côté, ces honnêtes personnages pensaient :

— Servons-nous de ce coquin ; l'affaire terminée, nous le livrerons aux autorités du pays.

Ils étaient faits pour se comprendre !

Se gardant bien d'avouer qu'un homme à lui galopait sur la route de Mongolie, Paolo demanda aux deux étrangers :

— En quelle qualité avez-vous été reçus à Montebianca ?

— Comme hôtes. La nuit nous ayant surpris loin de tout village avant-hier, nous avons demandé l'hospitalité au maître de cette demeure, qui, une fois informé de nos titres, nous a retenus pour les fêtes.

— Vous lui avez confié le but de votre voyage ?

— Non, répondit Ingassou. Il nous sait seulement attachés à la cour du sultan de Mongolie.

— Tant mieux ! Continuez de garder le silence. Je connais beaucoup le duc Sampieri. Nous sommes voisins, fit ironiquement Paolo, en indiquant de la main l'aride sommet qui cachait son repaire. C'est un si drôle de corps qu'il tiendrait tête à une armée plutôt que de livrer un homme réfugié sous son toit.

Notre seule chance de remettre la main sur le prince Naïva est que votre hôte reste en dehors de cette opération.

Et tenez, voulez-vous un conseil ? Partez sans prendre congé et suivez-moi, car il importe que nous agissions désormais de concert.

Un de mes gens reste au château pour surveiller Farandole. Pas un être, homme ou bête, ne sortira que nous n'en soyons instruits.

De notre côté, dès l'aube, nous battrons la campagne. Si le grand vizir est dans les environs, il est impossible que nous ne le rattrapions pas.

Ce plan ayant reçu l'approbation des deux Mongols, ils en commencèrent sur-le-champ l'exécution, et, une heure plus tard, ils rejoignirent le bandit au pied de la montagne.

CHAPITRE V

L'odyssée du prince Naïva

En sortant de la salle, le grand vizir avait couru droit devant lui.

Il s'engouffra sous une voûte, traversa une première cour sans rencontrer personne, suivit un long couloir et parvint à une seconde cour très grande et aussi déserte que la précédente.

Alors seulement il osa respirer.

Toutefois, ne doutant pas qu'on le poursuivît, il tendait l'oreille et se tenait prêt à fuir de nouveau.

A son profond étonnement, il ne perçut aucun bruit.

L'écho de la fête ne parvenait point jusqu'à cette cour éloignée et rien n'y révélait que, dans une autre partie du château, on s'agitât sous une impression de terreur.

— Les aurais-je dépistés ? me croiraient-ils sur le grand chemin ? se demandait Naïva.

Et il se rassurait peu à peu.

Si grande que fût cette demeure, ceux qui la connaissaient auraient dû déjà en avoir fait le tour.

L'espérance lui rendant sa présence d'esprit, le prince essaya de découvrir quelque retraite sûre où attendre le jour et méditer à l'aise.

Il venait de reconnaître en cette cour celle où se trouvait leur logette.

Et, soudain, il se rappela s'être heurté le tantôt à une échelle dressée contre la façade de l'un des bâtiments qui s'élevaient à sa gauche.

La chercher, la trouver, en gravir les échelons, sauter de la lucarne où elle s'appuyait dans le grenier à fourrage, où elle donnait accès, fut pour le grand vizir l'affaire d'une minute à peine.

10

Une fois au milieu du foin, il s'y creusa un lit, ramena sur lui les bottes qu'il avait déplacées, et, à peu près tranquille pour l'instant, se mit à envisager avec un certain calme les dangers auxquels il lui fallait faire face.

Sa première pensée fut pour son jeune compagnon.

S'il allait le croire hors du château, lui aussi, et s'éloigner !...

Poursuivre sa route sans la protection de cet enfant si plein de cœur et à qui il se sentait déjà si vivement attaché, semblait à Naïva une entreprise au-dessus de ses forces.

Soudain, il réfléchit que Julian, ayant laissé son chat et son moineau dans la logette, ne pouvait manquer d'y revenir.

Il s'agissait de guetter son passage et de l'avertir par un appel quelconque de sa présence dans ce grenier.

Naïva rejeta le foin qu'il avait entassé par-dessus lui et se souleva sur un coude afin de se tenir prêt.

Bien lui en prit, car, presque aussitôt, son attention fut attirée par une voix qui disait :

— Cherche, Mi-ré, cherche...

— C'est Farandole, murmura le prince.

Et, dans sa joie, il se leva d'un bond. Mais il se passa alors une chose extraordinaire.

A mesure qu'il essayait de monter, le plancher descendait.

Il se trouvait maintenant au niveau des bottes qu'il dominait tout à l'heure.

Ce mouvement s'effectuait d'une façon lente, mais continue.

Et plus il descendait, plus son oreille percevait distinctement un bruit qu'on eût dit celui de chaînes roulées et déroulées sans cesse.

— Mais je tombe ! murmura-t-il avec terreur, et où est-ce que je tombe ?...

Il fit un effort désespéré pour se retenir.

Hélas ! cet effort n'eut d'autre résultat que de précipiter sa chute.

Le sol semblait se dérober... Son dernier point d'appui s'engouffra dans un trou où il disparut lui-même...

Et, passant par l'abat-foin qui desservait l'écurie, le grand vizir du sultan Mongoulou se trouva dans la mangeoire d'un bœuf, à deux pouces de ses cornes !

Son saisissement fut tel, qu'il ne lui vint pas à l'esprit de se cramponner au bord de l'ouverture. Il se laissa choir comme un simple paquet.

LE BERGER ACCOURUT MUNI D'UNE TORCHE

Si grande que fût sa frayeur, du reste, elle n'approchait pas de celle du pauvre ruminant dont il troublait le repas.

Le mufle plongé dans le fourrage qui semblait lui tomber du ciel, le paisible animal était en train de manger à s'en donner une indigestion, quand cette masse puante dégringola devant lui.

Sa terreur fut telle qu'il en plia sur ses jarrets.

Bientôt, toutefois, la colère se mit de la partie... il revint la tête baissée...

Naïva n'osait remuer. Le moindre mouvement de sa part eût donné prise aux deux cornes aiguës qu'il sentait le frôler.

Mais l'odeur du fauve épouvanta le bœuf qui se rejeta en arrière.

Et ce furent des bonds furieux, des mugissements terribles !

Si bien que sa terreur gagnant de proche en proche, il y eut bientôt parmi les ruminants une bousculade inénarrable.

Réveillé en sursaut, le berger, qui logeait tout auprès, accourut muni d'une torche.

Sa lueur fumeuse ne servit guère qu'à édifier Naïva sur son sort probable, car pour celui qui la portait, elle ne lui montra autre chose que des croupes bondissantes et des têtes qui s'envoyaient mutuellement des coups de cornes.

— Cette fois, pensa le grand vizir, c'est ma fin. Que cet homme m'aperçoive, il va prendre une fourche et me coller au mur...

Que je me soulève seulement pour descendre, mon vis-à-vis m'embroche...

De ces deux dangers il ne savait lequel choisir, aucun n'étant moindre que l'autre.

Chaque fois que les cornes du bœuf l'effleuraient, il décidait d'attendre le berger. S'écartaient-elles un peu, il songeait à prendre terre pour tâcher de gagner la porte...

Tout à coup, le berger butta contre une botte de foin, perdit l'équilibre et s'en alla tomber sous les pieds de ses bœufs avec sa torche, qui, heureusement, s'éteignit.

Le pauvre hère se mit à geindre, tout en invectivant ses bœufs que l'habitude rendit un instant attentifs à sa voix.

Le voisin de Naïva, lui-même, tourna la tête.

La clarté incertaine que laissait pénétrer dans l'écurie la porte demeurée ouverte permit au prince de constater que son redoutable vis-à-vis lui présentait à ce moment la croupe.

Vivement, il se dressa, prit son élan... Mais l'éclair est moins prompt que le mouvement par lequel l'animal fit volte-face.

Il reçut le grand vizir entre ses cornes, l'envoya au plafond d'un coup de tête, et au retour l'embrocha comme il eût fait d'une mauviette.

Un cri terrible échappa au malheureux qui déjà roulait, foulé aux pieds, meurtri, plus qu'à demi mort...

Mais ce cri le sauva, car il parvint aux oreilles de Farandole, à qui déjà tout ce tapage avait donné l'éveil.

D'un autre côté, il détourna les soupçons de Quirino, le berger.

Celui-ci crut à la présence de quelque camarade ayant un peu trop pris part aux fêtes.

Il était parvenu à se relever.

Détachant aussitôt ses bœufs, il les poussa dans la cour.

Puis, sans s'inquiéter de ce qu'il laissait derrière lui, il chassa à grands coups de gaule les animaux redevenus dociles, et, tout en geignant, boitant, maugréant, alla les enfermer dans une autre écurie.

Julian put alors venir au secours du prince.

Tout d'abord, à le voir étendu, sans mouvement, il le crut trépassé.

Mais sa présence ranima le pauvre homme.

Relevant un peu la tête :

— Bouddha nous abandonne, dit-il. Je suis blessé. Il va m'être impossible de poursuivre ma route.

— Eh bien! nous aviserons. Ne vous inquiétez pas. L'essentiel, c'est que nous nous soyons rencontrés.

Essayez de vous asseoir, conseilla le jeune homme.

— M'asseoir! Eh! mon ami! c'est justement là ce que je ne puis faire! Ce maudit animal avait projeté de m'empaler, je crois. Il s'en manque de peu qu'il n'y ait réussi.

— Vous souffrez beaucoup?

— Si je souffre! Je suis moulu! mais le reste n'est rien, puisque mes os y ont résisté. C'est ma blessure qui me fait endurer le martyre.

Ah! si tous les ambitieux, les assoiffés d'honneurs étaient aussi désabusés que moi, les sultans ne trouveraient plus de grands vizirs. Quelle aventure, mon enfant! quelle aventure!

Et, s'animant tout à coup sous l'empire de la fièvre :

— Je te prends à témoin, cria-t-il, que si Bouddha me sauve, je vivrai aussi obscur que toi. Mon maître m'offrit-il pour me faire changer d'avis le prix dont il a promis de payer ma tête et plus encore, je dirais non ! non ! cent fois non !... Et...

Julian interrompit le blessé, car de parler n'avançait aucunement leurs affaires.

— Confiez-vous à moi, insista-t-il, ne désespérez pas. Ce qui est important, c'est de quitter cette écurie. Le désir de savoir ce qui effrayait ses bêtes peut y ramener le berger...

Le prince Naïva finit par obéir. Mais il ne put se mettre debout, même avec l'aide de Farandole.

Et il lui fallut cheminer à quatre pattes, comme s'il eût été le corps de son habit d'emprunt.

CHAPITRE VI

Mystère

Le château de Montebianca, le fief des Sampieri, occupait le sommet d'une colline au pied des Alpes.

Entre la montagne et lui, deux ou trois vallons se creusaient.

La vue seule limitait l'horizon du côté de la plaine.

Trois sièges victorieusement repoussés avaient fait au vieux castel la réputation d'imprenable.

Il était gardé par cinquante hommes que venaient au besoin renforcer les tenanciers.

Dans la situation isolée où se trouvait le château, — la ville la plus proche, Brescia, était à près d'un jour de marche, — ces mesures s'imposaient tant à cause des querelles entre Guelfes et Gibelins, querelles sans cesse renaissantes, qu'à cause du voisinage de Paolo et de ses pareils, dont la contrée pullulait.

Aussi Montebianca était-il approvisionné de munitions de guerre, comme si l'on eût été à la veille de soutenir un nouveau siège.

Il avait suffi au prince Naïva d'un coup d'œil jeté sur l'ensemble, à son arrivée, pour se rendre compte de bien des choses.

Et, tout en gagnant péniblement la logette au sortir de l'écurie qui lui avait été si funeste, il disait à Farandole :

— Si je pouvais marcher, peut-être découvrirais-je une retraite où passer tranquillement quelques jours. Mais, que faire ? Je me soutiens à peine.

Julian ne répondit pas.

Que faire ?... Il se le demandait, lui aussi.

Paolo d'un côté, les seigneurs mongols de l'autre, c'était vraiment inextricable !

11

Pour ingénieux qu'il fût, son esprit ne lui suggérait rien, cette fois.

— Ce qu'il y a de jugé, c'est que vous ne pouvez rester ici, déclara-t-il, après avoir installé tant bien que mal Naïva. Autant vaudrait vous mettre au milieu de la cour...

De fait, leur réduit, large d'environ dix pieds et pas beaucoup plus long, n'était autre chose que la cage de l'escalier desservant le chemin de ronde.

Le valet chargé de choisir un logis pour Farandole avait donné la préférence à celui-ci, à cause de son isolement : une bête féroce étant, d'après lui, un voisinage peu agréable.

Il ne s'y trouvait exactement que la paille destinée au lit, un escabeau et une petite table sur laquelle on avait servi le souper du soi-disant dompteur.

Naïva était étendu au pied de l'escalier dont la première marche lui servait de traversin.

Tout à coup il se souleva pour demander :

— La porte du chemin de ronde est fermée ?

— En trois bonds, Julian fut en haut des degrés. Il n'y avait pas songé, au chemin de ronde.

Mais il redescendit tristement.

Elle était fermée à clé et la clé n'était pas dans la serrure.

— Allons, Bouddha le veut. Je suis condamné sans doute, articula douloureusement le grand vizir que tout espoir abandonnait.

— Ne perdez pas encore courage. Ne vous voilà-t-il pas vivant, alors que tout à l'heure un bœuf jonglait avec vous, comme un bateleur avec une pomme ?

Essayez de reposer. Au jour, je panserai vos plaies. Peut-être d'ici là aurai-je trouvé dans cet immense château un petit coin où vous pourrez demeurer caché jusqu'à votre guérison.

— Quel prétexte donneras-tu pour ne pas continuer ton voyage ?

— Je me dirai malade. Je suis assez fatigué pour le paraître, ajouta Farandole en essayant de sourire.

En tout cas, d'ici à mon retour vous ne risquez pas d'être pris. Je vous enferme et j'emporte la clé.

Sur ces mots, Julian siffla son chien et sortit avec lui.

Mais sa torche était consumée aux trois quarts.

Il n'avait pas atteint l'autre bout de la cour qu'elle lui brûlait les doigts.

Il la lâcha, découragé.

Et frappant du pied, irrité à la fin contre la destinée qui s'acharnait :

— Il faudra bien pourtant que je le sauve !

Mais qu'il se sentait faible, et jeune, et inexpérimenté, pour une telle entreprise !

D'où lui viendrait le secours ?

Instinctivement, ses yeux le cherchaient en haut.

Et soudain son cœur d'enfant monta vers Celui qu'il était habitué d'appeler à son aide.

— VOUS N'AVEZ PAS RETROUVÉ VOTRE OURS ?

Il se découvrit, et d'une voix que les pleurs étouffaient il murmura :

— Tirez-moi de peine, mon Dieu ! le seul père qui me reste ! Et vous, sainte Madone, priez votre doux Bambino, notre Sauveur Jésus, d'avoir pitié de l'embarras où je me trouve.

Considérez tout ce qu'endure ce pauvre prince Naïva, et cela, pour s'être montré trop bon !

C'est vrai qu'il ne connaît pas votre nom, mon Dieu, mais il ne faut pas lui en vouloir si on lui a enseigné à vous appeler Bouddha.

Écoutez-le tout de même, et moi aussi, écoutez-moi. Je n'ai que vous pour appui en ce monde !

Un gros soupir servit d' « ainsi soit-il » à la prière de Farandole qui pensa en lui-même, un peu réconforté :

— Il est impossible que notre famille de là-haut nous délaisse...

Cependant il ne découvrait pas le moyen de parer au plus pressé : se procurer de la lumière.

Tout à coup, il se rappela que, dans son récit, Naïva avait parlé d'une torche dont le berger s'éclairait en pénétrant dans l'écurie.

Il y courut et tâtonna si bien qu'il mit la main dessus.

La sienne achevait de flamber par terre.

Il put y rallumer celle qu'il apportait.

Il envoya un sourire à la Madone qui, sûrement, l'avait inspiré, puis il se remit en route.

Il pénétrait dans la cour du centre quand un laquais, venant à le croiser, lui demanda :

— Vous n'avez pas retrouvé votre ours ?

Julian répondit :

— Non.

Et il passa.

De son côté, le valet fit mine d'aller à son ouvrage.

Mais, à plusieurs reprises, il se trouva sur les pas du jeune homme.

Sentant à la fin la nécessité d'expliquer sa présence, il dit vouloir l'aider dans ses recherches.

— Vous n'êtes guère prudent, observa Farandole. Mon ours a beau être doux, si...

Le valet l'interrompit par un éclat de rire.

— On prétend à l'office que cet ours n'en est pas un. Paolo l'aurait dit devant tout le monde, paraît-il.

Julian ne put répliquer tout d'abord.

Ainsi ce que redoutait le grand vizir s'était produit ! Ingassou et Norr étaient à cette heure informés de son déguisement.

Qu'en adviendrait-il ? Cela n'enlevait-il pas au prince toute chance de leur échapper ?...

Mais il n'est rien de tel que les situations désespérées pour stimuler les caractères énergiques.

Il suffit à Julian de quelques secondes pour se remettre.

Sans se prononcer sur l'assertion de Paolo, il repartit d'un ton dégagé :

— Souhaitez seulement de ne pas vous trouver nez à nez avec mon ours, il pourrait vous en cuire. Mais vous ne risquez rien. M'est avis qu'en ce moment vous et moi perdons nos peines. Il a quitté le château, tout me le prouve, et je vais de ce pas en avertir le maître de céans.

Et, sans s'attarder davantage, il prit le chemin de la cour d'honneur.

Une idée venait de surgir en son esprit : celle de se confier à la discrétion du duc et de mettre le grand vizir sous sa protection.

Qui sait? peut-être qu'il s'y intéresserait et leur fournirait les moyens de gagner la France.

Il y avait beaucoup d'hommes d'armes dans ce château. Si on leur en prêtait seulement une vingtaine?

Et déjà l'imagination du jeune homme se représentait leur situation changeant de face en un instant, Paolo forcé dans son repaire, la fortune du grand vizir reconquise, ses titres de propriété, à lui, retrouvés, leur entrée en Bourgogne et son installation dans son cher Cigalier.

Le signor Campestan coupa court à ce rêve.

Voyant reparaître Farandole, il se précipita vers lui, et l'interpellant d'un ton rogue :

— Eh bien? Tu as fait buisson creux? Alors, tant pis pour ton maudit animal. Car... on l'a vu. Deux de nos gens, heurtés par lui, affirment qu'il a dû prendre à gauche. Donc, il est dans les cours.

— Pourquoi ont-ils tant tardé à le dire?

— Je crois que tu te permets de m'interroger !

Hé? là-bas, vous autres, lâchez vos chiens, c'est l'ordre de monseigneur.

Julian frémit pour Naïva.

Mais supplier ce gros homme tout plein de son importance et qui déjà ne s'occupait plus de lui eût été peine inutile.

Et puis, quel prétexte donner pour s'opposer à la chasse?

Il prit le parti d'annoncer :

— J'ai quelque chose à dire au duc Sampieri en particulier.

L'intendant se retourna comme si une vipère l'eût mordu au talon.

— Crois-tu qu'on parle à Son Excellence comme on dit bonjour à la lune, quand cela vous chante ?

Si monseigneur a daigné te recevoir lui-même tantôt, c'est que j'étais absent.

Je consens à t'entendre ; c'est tout ce que je peux pour toi.

Cela ne faisait aucunement l'affaire de Farandole.

Il garda le silence.

— À ton aise, prononça l'intendant, qui s'éloigna plein de majesté.

Il était intrigué, toutefois, et se promettait bien de revenir à la charge.

Au reste, les incidents de la soirée, le brusque départ des seigneurs mongols, coïncidant avec le récit de Paolo, avaient laissé tous les esprits perplexes.

Dans la salle où se donnait le concert, maints groupes de seigneurs s'étaient formés, qui ne devisaient d'autre chose.

Les abois des chiens de meute, s'élevant tout à coup dans la nuit, apportèrent un nouvel aliment à la curiosité.

On se mit aux fenêtres. Était-il homme ou bête ?... des paris s'engageaient...

Mais, presque tout de suite, l'attention fut distraite par l'arrivée d'un cavalier dont le cheval tomba quand son maître mit pied à terre.

Le message dont était chargé celui-ci expliquait tant de hâte.

Le père de la duchesse Sampieri touchait à ses derniers moments ; il réclamait sa fille et son petit-fils.

La mort planant sur cette fête la glaça soudain, comme si elle eût effleuré du doigt tous ces visages souriants.

Et, tandis que le duc donnait des ordres pour que le départ eût lieu à l'aube, ses invités réclamaient leurs chevaux ou leurs chaises, afin de regagner au plus tôt leurs demeures.

De tous les gens qu'abritait en ce moment Montebianca, Farandole était peut-être le seul qui se tînt immobile.

Coudoyé, pressé, heurté par les allants et venants, il n'en demeurait pas moins à l'entrée de la grande salle où l'avait surpris la nouvelle qui mettait tout le château sens dessus dessous.

Un vague espoir que le duc passerait le clouait à cette place.

Il se flattait de forcer son attention dès le premier mot prononcé et il arrangeait dans son esprit la phrase qui devrait le retenir, si pressé qu'il fût.

Il attendait depuis une demi-heure quand le valet qu'il avait rencontré si souvent l'accosta de nouveau.

— C'est vous que je cherche, dit-il en lui frappant sur l'épaule.

Les chiens sont à la porte de votre logette. Cela donne à penser que la bête est chez vous.

Si vous voulez convaincre les piqueux du contraire, venez ou donnez-moi votre clé.

— Vous donner ma clé ? Non. Entrer chez moi pour épeurer mon chat et mon moineau qui y sont enfermés ? Je ne veux pas !

JULIAN S'ADOSSA CONTRE LA PORTE

Si mon ours y était, pourquoi le chercherais-je ? Je ne m'explique pas que cette idée vous soit venue.

— Ce n'est pas à moi qu'elle est venue, c'est aux chiens.

Farandole pensa en lui-même :

— J'aurais cru qu'une peau sèche n'avait point de fumet. Il faut croire qu'ils ont joliment du nez les chiens de Son Excellence !

Comment faire ?

Le valet lui évita la peine d'y réfléchir.

Glissant avec une dextérité merveilleuse sa main dans la poche du jeune homme, il en retira la clé qu'il brandit d'un air railleur.

L'ami de Naïva poussa un cri, et, parant au plus pressé, courut après le voleur, lequel se sauvait à toutes jambes.

Ils arrivèrent en même temps.

Écartant piqueux et chiens, Julian s'adossa contre la porte, l'air résolu.

Il espérait qu'on ne lui ferait pas violence. Peut-être, tout en discutant, lui viendrait-il une inspiration.

Deux mots parvenus à son oreille lui révélèrent que les chiens n'avaient rien flairé du tout.

On les avait amenés devant la logette à l'instigation du domestique étranger.

Quel intérêt avait-il donc dans cette affaire ?

Julian sentait que le vrai danger, presque le seul, en ce moment, c'était cet homme.

Et rien à tenter.

Que Naïva voulût essayer de fuir encore quand on ouvrirait la porte, les chiens le mettraient en lambeaux.

L'obscurité même lui ferait défaut pour se dérober, car vingt torches flambaient.

Heureusement le jeune homme avait une raison plausible de ne point ouvrir.

Il expliqua :

— J'ai là dedans un chat et un moineau. Songez s'il faut les aimer pour les emporter jusqu'en France ! Vos chiens me les tueront...

Ce sentiment fut compris des piqueux.

— On ne leur veut pas de mal, à vos bêtes, déclara le chef de meute. Entrez les prendre.

— Je vais vous aider, s'écria le détenteur de la clé.

Et il ouvrit sans attendre la réponse.

Doué d'une force herculéenne, il eut aisément raison de Farandole qui, du reste, à bout d'arguments, ne songeait plus à résister.

Le pauvre garçon se sentait mourir d'angoisse. Il voyait trouble. Sa gorge serrée ne laissait plus passer qu'une respiration sifflante...

Comme s'y était engagé le chef de meute, on le laissa pénétrer le premier dans sa logette.

Mais le personnage suspect, cause de cette aventure, marchait sur ses talons.

Il n'y prit pas garde. Il n'avait aucun projet, aucune idée même, il s'abandonnait aux événements, vaincu, pensant que Dieu l'oubliait.

Il s'élança vers le coin où il avait laissé le grand vizir, prêt à lui crier :

— Il n'y a pas de ma faute !...

Et, comme ses yeux obscurcis par les larmes distinguaient mal, il se pencha.

— Hein ?...

Voilà tout ce qui sortit de ses lèvres.

Il n'y avait plus rien sur le sol, rien du tout !

Ni grand vizir ni paille.

Farandole se redressa incrédule en face d'un tel prodige. Et il se frotta les yeux.

Il n'en vit rien de plus... si fait, pourtant !

Il découvrit à gauche, rangée en tas, cette même paille qu'il cherchait étendue à droite où ses mains l'avaient disposée.

Quant à Kiki et Clair-de-lune, disparus, eux aussi.

La logette était vide de tous ses habitants. Il faut croire que le résultat de cette visite domiciliaire causait à celui qui l'avait conseillée une forte déception, car il avait une mine aussi allongée que celle de Julian était ahurie.

Celui-ci eut pourtant la présence d'esprit de s'écrier :

— Je ne trouve pas mon chat ! non plus que mon oiseau !

Et il se mit à se lamenter.

Était-ce assez de malheurs à la fois !

Perdre trois bêtes sur quatre en une nuit !

— Votre chat vous aura passé entre les jambes, il est dans quelque coin de la cour, ne vous désolez pas, dit l'un des piqueux.

— C'est possible, mais mon oiseau ?... Mon oiseau !... Il est bien perdu, lui.

— Tiens ! votre chat l'aura mangé, fit le valet méchamment.

Il se mit à ricaner de sa mauvaise plaisanterie et il ajouta :

12

— Qui sait si votre ours n'aura pas mangé votre chat?... Reste maintenant à trouver qui a mangé votre ours.

Tout en parlant, l'entêté faisait le tour de la logette, montait l'escalier, interrogeait les murs, promenait une torche partout.

Mais il lui fallut reconnaître qu'à moins de devenir à son gré invisible, un ours n'avait pu se cacher en ce réduit.

Et, tandis que les piqueux rentraient leurs chiens et que Julian courait reprendre sa place à la porte de la grande salle pour tâcher de parler au duc, le valet s'en allait de son côté.

Il paraissait de fort méchante humeur, et ce qu'il pensait, le voici :

— Tout s'arrangeait à merveille. Le duc de Sampieri en voyage, on s'entendait sans peine avec le signor Campestan qui nous aurait livré la fourrure avec son contenu, homme ou bête, pour pas beaucoup d'argent.

J'aurais juré que l'ours était là !... Quand je suis venu, tout à l'heure, j'ai entendu un remue-ménage qui ne peut être le fait ni d'un chat ni d'un oiseau.

Et maintenant il me faut déguerpir. On sait que je ne suis pas du château. Les étrangers partis, je dois disparaître... Bah ! je vais me loger aux environs et surveiller le joueur de mandoline. J'ai toujours le temps de porter une mauvaise nouvelle au chef.

CHAPITRE VII

Vannier

Il pouvait être huit heures du matin quand Farandole reprit le chemin de sa logette.

Mi-ré suivait, l'air aussi las, aussi triste que son maître.

La persévérance de celui-ci était demeurée inutile.

Après avoir reçu les adieux de ses hôtes, le châtelain, sa jeune femme et leur escorte, commandée par le capitaine, étaient partis avec tant de hâte qu'il n'avait pas été possible à l'ami de Naïva d'accomplir ce qu'il méditait.

Le duc l'avait vu, cependant, il en était certain, il avait par deux fois rencontré son regard.

Mais un clou chasse l'autre...

Le désir qu'eût pu avoir Sampieri, d'apprendre si l'animal qu'on lui avait présenté était un ours ou un grand vizir, s'effaçait devant des préoccupations nouvelles.

Si bien qu'il s'était éloigné sans adresser la parole au jeune voyageur.

A présent, celui-ci se demandait si on consentirait à le garder au château quelques jours.

Le signor Campestan, cet orgueilleux, ce despote, qu'il avait blessé par son refus de se confier à lui, allait devenir l'arbitre de son sort.

L'implorer, c'était courir à des représailles certaines, mais... quel autre moyen ?...

Le pauvre garçon retournait donc à son logis bien soucieux, tellement soucieux qu'il en avait presque oublié la mystérieuse disparition de Naïva.

Elle lui revint à l'esprit tout à coup, en pénétrant dans la cour des communs.

— La peur donne des forces, il faut le croire. Lui qui ne pouvait pas tenir debout! Où peut-il bien être passé ? je suis curieux de l'apprendre.

Tiens ! fit-il en apercevant un homme plié en deux, qui se traînait péniblement et geignait à chaque enjambée, on dirait le berger... mais oui ! c'est lui ! Si j'essayais de m'en faire un ami ?

Il courut à l'éclopé, s'informa de son état et s'offrit à mettre l'écurie en ordre pour lui éviter ce surcroît de fatigue.

Quirino était si mal en point qu'il accepta sans se faire prier.

S'installant sur une sellette, il dirigea le travail, et, tout en regardant d'un air émerveillé Farandole s'acquitter de sa tâche, il lui confia son opinion sur l'événement de la nuit.

— C'est quelque laquais pris de vin qui sera venu se réfugier là-haut, dit-il, je l'ai vu tomber... Mais, ma foi, j'avais assez à faire de penser à moi, vous comprenez.

Puisqu'il n'est plus où je l'ai laissé, c'est qu'il n'est ni mort ni même bien malade. Si mes bêtes n'avaient pas plus de mal que lui !

Heureusement que ces fêtes empêcheront le signor Campestan de s'en occuper ; sans ça... il aurait tôt fait de me mettre à la porte !

— Les fêtes ? mais elles sont finies, les fêtes ! D'où sortez-vous donc ?

— De mon lit, où vous voyez que j'aurais mieux fait de rester.

Julian conta la série d'incidents qui avaient tout bouleversé, sans omettre la disparition de son ours.

— Alors, monseigneur est parti ?

— Oui.

— Eh bien, que saint Janvier me protège ! si vous voyiez mes bœufs !

— Vous avez quelques heures devant vous pour les soigner. J'ai entendu l'intendant commander qu'on ne le dérangeât pas avant midi. Je l'ai vu gagner sa chambre... Aussitôt, chacun a gagné la sienne Il n'y a peut-être en ce moment que nous deux d'éveillés au château.

Quirino parut plus tranquille. Et, sans cérémonie, il demanda :

— Vous m'aiderez bien à ramener mes bêtes, dites, jeune homme ?

— Et même à les panser.

Les braves ruminants manifestèrent quelque répugnance quand il s'agit de reprendre leur place accoutumée.

Mais Julian mit à les conduire tant de douceur et tant d'adresse qu'il parvint à les y décider. Le berger continuait de geindre.

Et c'était une kyrielle de lamentations chaque fois qu'il découvrait, sur la croupe d'une de ses bêtes, une nouvelle estafilade.

LE BERGER S'ASSIT POUR DIRIGER L'OPÉRATION

— Je serai renvoyé, sûr comme vous voilà, gémissait-il. Si encore j'étais plus ingambe! J'irais tâcher de prendre des truites. Il n'y a rien de tel pour amadouer l'intendant. Il vendrait ses braies pour en acheter.

Julian sourit.

Il entrevoyait le moyen de rester à Montebianca.

Il s'empressa de dire :

— J'irai à votre place pêcher des truites. Depuis que je sais marcher, je sais poser des nasses. Où sont les vôtres ?

— Mes quoi ?

— Vos nasses.

— Qu'est-ce que c'est que ça ?

— Des engins dans lesquels se prend le poisson.

— Tout seul ?

— Oui.

— Ah ! bien ! moi qui lui cours après dans l'eau. Je mets des fois une heure pour attraper une truite !

— Je pourrais vous en promettre un panier pour demain matin si vous aviez des nasses.

— Avec quoi ça se fait-il donc ?

— Avec de l'osier.

— Ce n'est pas ce qui manque. L'intendant nous traite de fainéants toute la journée parce que personne ne l'utilise depuis que le vannier du château est mort.

— Je vous enseignerais à en tresser des corbeilles si je restais. Mais... j'ai des raisons de croire que le signor Campestan ne voudra pas. J'aurais pourtant grand besoin de repos, et j'ai eu tant de malheur de perdre mon ours !

— Oh ! c'est pas tout ça qui décidera un homme comme Campestan, c'est les truites.

Si vous pouvez fabriquer une de ces machines avec quoi on les prend, vous avez chance qu'il vous souffre au château.

— Donnez-moi de l'osier, je vais m'y mettre sans retard.

— Je vous en porterai dans votre logette. Mieux vaut qu'on ne vous voie pas. Ne montrez qu'à moi à travailler. Si vous me promettez ça, je m'engage à vous garder autant qu'il vous plaira, sans que personne le sache.

Vous n'êtes pas gros et Montebianca est grand...

— J'aimerais mieux y rester avec la permission des maîtres, mais si on me la refuse, c'est marché conclu. Je vous instruis et vous me nourrissez.

Une demi-heure plus tard, Julian recevait des mains de Quirino les matériaux et l'outillage nécessaires à fabriquer de la vannerie.

Le brave homme avait pensé aussi au déjeuner ; il apportait le sien, n'ayant besoin d'autre chose que de son lit :

— J'y retourne, dit-il. Quand votre nasse sera finie, venez m'appeler, nous irons la placer ensemble.

— Enfin ! murmura Farandole en le regardant s'éloigner, je vais donc apprendre ce qu'est devenu le prince Naïva.

Et, s'enfermant dans sa logette, il appela à haute voix le grand vizir, ajoutant pour le mieux rassurer :

— Vous pouvez vous montrer, je suis seul.

Aussitôt, une pierre s'abaissa lentement tout près de l'escalier, et la tête de Naïva se tendit à demi souriante.

Coups, blessures, dangers, soucis, il venait de tout oublier pendant quelques heures.

En dépit de ses souffrances, il avait dormi !

— Moi qui accusais le bon Dieu ! murmura son jeune compagnon. Et juste à ce moment, il vous sauvait. Car c'est miracle que vous ayez découvert ce trou.

— Ce trou est une porte. Elle dessert un escalier souterrain. Une fois ouverte, elle en devient la première marche.

Ce mode de fermeture, je le connais, il est en usage dans mon pays. C'est à la fois très simple et très sûr.

Que l'ennemi donne l'assaut, la garnison des remparts peut en un instant se porter sur les points les plus menacés, sans se heurter à quelque porte dont la clé soit absente.

Ces passages servent aussi au transport des munitions. Celui-ci est une vaste galerie éclairée par des soupiraux. Je ne l'ai pas explorée et pour cause, ajouta le grand vizir à qui un mouvement un peu vif arracha soudain un cri de douleur.

Il n'en poursuivit pas moins sa démonstration et reprit :

— Il suffit d'une barre de fer, qui, heureusement, était à sa place, prête à servir, pour immobiliser si bien une porte comme celle-ci que rien ne la distingue plus des pierres voisines.

— Mais comment l'avez-vous découverte ? interrompit Farandole.

— Voici. Un moment après que tu as été sorti, Clair-de-lune est venu se réfugier près de moi. Je commençais à m'assoupir. Je pensai qu'il avait sommeil lui aussi. Mais non, il guettait un rat.

Tout à coup, il bondit par-dessus ma tête et pose la griffe sur lui. Le rat était de taille et se défendait... Je me soulève pour m'assurer que la victoire resterait à ton chat, ma main cherche un point d'appui contre le mur... le mur cède...

Les chiens entraient dans la cour. Ce nouveau danger d'un côté, l'espérance de l'autre, me rendent quelque force, je parviens à faire jouer la pierre, et...

— Mais la paille, pourquoi avez-vous pris la peine de la déranger ?

— Par crainte d'en traîner après moi quelque fétu qui, s'il se fût pris sous la porte, eût servi de fil conducteur à ceux qui me cherchaient.

Je pensai bien que tu serais chagrin de ne plus retrouver Clair-de-lune et Kiki, mais j'avais peur des chiens pour eux. Voilà pourquoi je les ai emportés.

Quel est donc l'individu qui est entré avec toi ? Je vous entendais causer, sa voix m'a rappelé l'un des hommes de Paolo, dont l'accent, tout particulier, m'avait frappé.

— Comment était-il ?

— Grand, roux, avec une cicatrice à la joue, une longue raie blanche très visible.

— C'est lui ! j'ai remarqué la cicatrice. Voilà donc pourquoi il était si acharné après vous ?

Mais nous pouvons être tranquilles. Je l'ai vu de mes yeux sortir du château quand tous les étrangers sont partis.

— Ne nous y fions pas.

— Pourquoi ? Ils vous chercheront loin d'ici, tous, car l'espion de Paolo aura été leur porter la nouvelle qu'on ne vous avait pas découvert à Montebianca.

Que mon idée réussisse, maintenant, et je nous vois quelques jours devant nous.

Tout en causant, Farandole assemblait ses brins d'osier.

Il abandonna un instant son ouvrage pour rendre au grand vizir le service qu'il venait de rendre à ses bourreaux : celui de panser ses plaies.

Le pauvre homme était si maltraité que c'était de quoi en prendre compassion.

— Il ne pourra marcher de trois semaines, se dit Julian. Il faut qu'à tout prix j'obtienne qu'on me garde. J'ai deux moyens, tentons le premier.

Naïva gagna la galerie, tandis qu'après avoir ouvert la porte de sa logette, afin d'éviter toute apparence de mystère, son jeune ami se remettait au travail.

A midi, la nasse prenait déjà tournure.

Il la mit sur son épaule, se munit d'un gros paquet d'osiers et s'en alla s'asseoir près de l'escalier par lequel il avait vu disparaître le signor Campestan.

Il ne s'était point écoulé cinq minutes, qu'un pas lourd retentissait à l'intérieur.

Quelques portes claquèrent, puis une voix grondeuse s'éleva.

— C'est lui, murmura Farandole, réprimant mal son envie de rire ; voyons lequel l'emportera de sa rancune ou de sa gourmandise.

Il se mit debout, jeta son chapeau à ses pieds, afin d'économiser du temps sans manquer aux lois de la politesse, et, tout en continuant de nouer ses brins d'osier, barra résolument le passage à Campestan.

— Je sollicite de votre bonté quelques minutes d'audience, prononça-t-il d'un air affairé.

— Est-ce pour me dire ce que tu n'as pas voulu me confier hier ? fit celui-ci aigrement.

— Nous y voilà, pensa le jeune homme.

Il avait pris une mine étonnée et répétait :

— Hier… Ah ! oui ! je me rappelle, fit-il tout à coup.

Et souriant :

— C'était une façon d'arriver au duc. Je ne comptais pas lui dire autre chose que ce que je vais vous dire à vous-même, signor : je suis très pressé de m'en aller, payez-moi donc, je vous prie.

— Tu vas me faire croire que tu serais parti en pleine nuit ?

— Je serais fort bien parti, ne vous en déplaise. Avez-vous songé à ce que vaut mon ours, pour moi ? C'est mon gagne-pain ; je l'aurais cherché dans la campagne et peut-être l'aurais-je retrouvé…

— C'est là ce que tu as refusé de me dire, fit Campestan plein de méfiance.

— Je n'ai pas refusé positivement… quand j'ai su qui vous étiez… Mais à peine me l'eûtes-vous appris que vous m'avez tourné le dos.

Je voudrais bien être payé, signor, répéta-t-il en rattachant ses osiers l'un à l'autre avec une activité fébrile.

13

Il ajouta :

— Pardonnez-moi d'oser travailler en votre présence, mais Quirino compte sur cette nasse pour aller à la pêche, et je voudrais qu'elle fût assez avancée pour qu'il pût l'achever.

— Que ne l'achèves-tu toi-même ?

— Je ne peux pas, signor, je n'ai pas le temps. La France est loin et j'ai hâte d'y être rendu.

— Tu dis qu'on prend du poisson avec ça ?

— Si on en prend ! Je répondrais pour demain matin d'une douzaine de truites, si je la posais moi-même. Car, ce n'est pas tout que d'avoir une nasse, il faut savoir choisir l'endroit, s'entendre à la bien tourner, connaître le secret des amorces qui attirent le mieux le poisson... Ah ! c'est toute une affaire !

Mais avec le temps, Quirino s'y mettra, s'il n'oublie pas les conseils que je vais lui donner. Le plus difficile pour lui sera encore de finir la nasse.

Et soulevant l'engin, Julian le mit sous les yeux de l'intendant.

Vivement intéressé, celui-ci l'examina et posa quelques questions.

Le jeune homme l'attendait là.

— Voyez, signor, on tourne les brins d'osier ainsi, on les relie à cette hauteur, on passe dans l'intérieur d'autres brins qui doivent se rattacher là et former une poche qui s'arrête ici...

L'intendant écoutait bouche bée cette explication que le démonstrateur embrouillait à dessein.

A la fin, s'y perdant, il interrompit Farandole pour lui dire :

— De tout ça, mon garçon, je ne comprends qu'une chose, c'est que tu es un fin pêcheur et un excellent vannier.

Or, comme j'adore les truites et que le château est démuni de paniers et de corbeilles, je te préviens que, de gré ou de force, tu resteras.

— Mais vous n'avez pas le droit de me garder, puisqu'il me plaît de partir.

Il tremblait en prononçant ces mots et n'osait croire encore au succès de sa ruse.

— Je te forcerai bel et bien. Apprends, musicien d'aventure, qu'ici personne ne me résiste, déclara l'intendant du ton rogue qui lui était habituel.

Tant que Quirino ne m'aura pas présenté des truites prises par lui dans une nasse qu'il aura fabriquée lui-même, ne compte pas te remettre en route.

En attendant, achève celle-ci et va-t'en à la pêche.

— Et si je ne reviens pas ? J'en suis bien le maître, fit-il, hardiment cette

— JE VOUDRAIS BIEN ÊTRE PAYÉ, SIGNOR

fois. J'en serai quitte pour perdre mon argent, car, je le vois, vous ne me le donnerez qu'en me congédiant.

— Tu l'as dit. Comme aussi je ne laisserai sortir avec toi ton chien, ton chat et ton oiseau que le jour où je te rendrai la liberté.

Essaie une fois de ne pas rentrer et je les fais tous pendre à la porte !

— Alors, il faut en passer par où vous voulez, dit Julian d'un air plein de soumission. Je ne résisterai pas davantage.

— Et quand aurai-je des truites ?

— Demain à votre lever, ou bien c'est qu'il n'en resterait plus dans le ruisseau.

Et craignant de mal cacher sa joie, le jeune homme s'en fut.

L'intendant se frottait les mains.

— Quelle trouvaille que ce garçon ! Il dit qu'il est pressé de partir ! je lui montrerai que ma volonté passe avant la sienne... Pressé ?... Je le laisserai partir quand je n'en aurai plus besoin.

Tiens, au fait, j'ai oublié de lui demander ce qu'il y avait de vrai dans l'histoire que racontait Paolo à propos de son ours.

Il fut sur le point de rappeler Farandole. Mais il ne donna pas suite à cette idée. Il avait réfléchi que cela le retarderait...

Or, une chose primait tout, à cette heure, pour Campestan : les truites qu'il mangerait le lendemain. Et son plus grand souci, jusqu'au soir, fut de décider à quelle sauce il les ferait accommoder.

CHAPITRE VIII

De Charybde en Scylla

Personne, à Montebianca, ne soupçonnait la présence du grand vizir.

D'après le conseil de celui-ci, Farandole avait déclaré, à la première question posée par Campestan :

— Puisque Paolo a révélé ce que j'avais promis de taire, je ne le nierai pas plus longtemps : mon ours est un homme.

Je l'ai rencontré quelques heures avant d'arriver ici. Il m'a demandé de le prendre avec moi, sa détresse m'a touché, j'ai consenti. On se doit aide, en ce monde.

Il lui a plu de me quitter le même soir. Tout le château a été témoin que je n'ai pas trahi son secret, malgré qu'il soit parti sans me prévenir.

Pourquoi s'est-il enfui ? Je n'en sais rien. Mais je n'ai aucune raison de m'en inquiéter désormais... Je dois croire que s'il m'a planté là sans plus de cérémonies, c'est qu'il compte pouvoir se tirer d'affaire tout seul.

— Est-il vraiment le grand vizir du sultan Mongoulou, comme le prétend Paolo ? avait demandé l'intendant.

— Il me l'a dit, mais je n'en ai pas la preuve...

Julian répéta la même chose, du même ton indifférent, à tous ceux qui l'interrogèrent.

Il en advint qu'après avoir passionné les esprits, cet événement perdit une grande partie de son intérêt, pour le personnel du château.

Les deux semaines qui venaient de s'écouler avaient suffi pour amener la guérison du prince Naïva.

Ses plaies étaient cicatrisées. Son corps meurtri, après avoir reproduit successivement les couleurs de l'arc-en-ciel, reprenait peu à peu la teinte citron qu'il tenait de la nature. Les forces lui étaient revenues, et, avec les forces, le désir de continuer au plus tôt son voyage.

Mais l'obstination de Campestan à retenir Farandole compliquait singulièrement le départ.

Tantôt c'était une corbeille qui manquait à la lingerie, tantôt des paniers pour la cueillette des olives. L'un n'était pas fini que le jeune vannier s'en voyait commander un autre.

S'il parlait de partir :

— Essaie ! grondait le despote. Non seulement tu ne seras pas payé, mais, tu sais ce que je t'ai promis... Je fais pendre tes bêtes !

Au fond, l'intendant espérait que le temps amenant l'habitude, Julian, dont il appréciait fort les services, resterait à Montebianca.

Après avoir tremblé au début qu'on lui refusât l'hospitalité, celui-ci en venait à se demander s'il ne lui faudrait pas avoir recours à une évasion pour quitter le château...

Ils en discutaient un matin, le prince Naïva et lui, dans la galerie souterraine qui, depuis quinze jours, donnait asile au grand vizir.

Un seul point les embarrassait : franchir le pont-levis.

Il est vrai que ce point était capital...

Oh ! une fois de l'autre côté, Farandole en faisait son affaire. A l'en croire, ils devaient parvenir en France sans plus courir aucun danger.

D'abord Quirino connaissait et lui avait indiqué un sentier par lequel on pouvait être à Brescia en moins de quatre heures.

Ensuite il lui avait promis, comme paiement de ses leçons, un habillement complet de berger pour le dimanche suivant.

On était au mercredi ; cela faisait donc quatre jours seulement à attendre.

Naïva redevenu un homme, tandis que désormais Norr et Ingassou, tout aussi bien que Paolo, le cherchaient sous la figure d'un ours, cela ne leur assurait-il pas la sécurité ?

— Que je trouve seulement le moyen de vous faire sortir ! Et, pour le reste, soyez sans inquiétude, je réponds de tout, déclara Farandole avec la superbe confiance de la seizième année.

Plus pessimiste et mieux instruit de la vie par ses récentes épreuves, Naïva secoua la tête d'un air de doute.

— Vous verrez ! vous verrez si je ne réussis pas à vous amener sain et sauf à votre ami le duc de Bourgogne !

Ils se quittèrent sur ces mots.

Une fois seul, Naïva recommença la promenade dont il avait pris l'habitude depuis qu'il pouvait marcher.

Les sous-sols de Montebianca formaient un immense réseau aboutissant à un centre commun : les magasins.

Ceux-ci étaient fermés à triple serrure. Les galeries seules demeuraient accessibles aux gens qui connaissaient le secret d'y pénétrer.

A cela, le grand vizir avait mis bon ordre en plaçant devant chacune des portes la barre de fer destinée à l'immobiliser.

Malgré tant de précautions, il gardait encore quelque crainte, car il n'avait pu clore la citerne.

Il est vrai qu'elle était abandonnée et comblée à demi.

Mais il n'en eût été que plus facile de parvenir jusqu'à lui par ce chemin.

Construite de façon à desservir au besoin les parties souterraines du château, elle possédait une ouverture affleurant la galerie.

Cette citerne était située dans la première cour et les hommes de garde venaient parfois s'asseoir sur la margelle.

Que l'un d'eux, pris de curiosité, eût l'envie d'y descendre... Il suffisait d'une simple corde à nœuds.

Naïva avait fait part à Julian de ses inquiétudes à ce propos.

Mais celui-ci l'avait rassuré.

— Vous ne remarquez donc pas, avait-il répondu, que personne n'approche jamais de la citerne, la nuit venue ? Prêtez l'oreille ; vous n'entendrez pas causer les hommes de garde, je vous le certifie ! Ils prétendent qu'elle est habitée par les follets du château.

Et, se mettant à rire :

— Je vous ferai prendre ce chemin... Si on vous voit, on croira que c'est quelque lutin qui se promène...

— J'ai une sortie bien plus commode, c'est le passage qui donne dans la logette du veilleur.

Il ne sera besoin ni de cordes ni d'échelle. Seulement... il y a le veilleur lui-même.

— J'y songerai...

Ils en étaient restés là et la question n'avait plus été agitée depuis ; le principal obstacle, franchir le pont-levis tous ensemble, bêtes et gens, malgré les ordres donnés, étant devenu l'idée fixe de Farandole.

14

Lorsque le grand vizir eut fait le tour des galeries, il revint s'asseoir en haut de son escalier.

Il avait faim, donc il devait être midi.

C'était le moment où, d'ordinaire, son jeune compagnon lui apportait à déjeuner.

Mais une heure s'écoula, puis deux, puis trois, sans que Julian parût.

Pauvre Julian ! Tandis que le captif attendait son repas, lui, subissait un rude assaut !

Il revenait à sa logette, les poches pleines de provisions économisées sur sa part, quand on le prévint que l'intendant le réclamait. Tout d'abord il s'en émut fort peu.

— Encore quelque panier qui manque quelque part, murmura-t-il en haussant les épaules.

Il changea de sentiment aussi bien que de visage, dès qu'il eut pénétré chez le signor Campestan.

Celui-ci n'était pas seul.

Et du premier regard, à leur ressemblance avec le grand vizir, Julian devina Norr et Ingassou dans les deux étrangers qui occupaient des sièges aux côtés du gros homme.

A son âge, on ne connaît point l'art de se composer une physionomie.

Pendant quelques secondes, ses traits exprimèrent une stupeur, un effroi équivalant à une révélation.

Sans lui donner le temps de se remettre, Campestan l'apostropha :

— Voici deux seigneurs qui affirment que tu as dû te jouer de moi, que tu m'as avoué une partie de la vérité pour mieux me cacher l'autre et que le prince Naïva n'a pas quitté le château.

Ils me donnent comme preuve les battues faites depuis quinze jours dans le pays.

Pas un buisson qui n'ait été fouillé, me disent-ils.

Puis, se faisant subitement insinuant.

— Peut-être ne sais-tu pas ce qu'est celui à qui tu t'intéresses. Apprends qu'il a commis de tels crimes que le sultan, son maître, le fait chercher par le monde entier afin de l'en punir.

Farandole ne protesta ni par un mot, ni par un geste.

Il attendait la proposition qu'il voyait poindre au bout de ce discours.

L'un des Orientaux la formula en ces termes :

— Avoue que Naïva est ici et que tu connais sa retraite. Rien ne te servirait de mentir... Un homme à nous l'a entendu parler, chez toi, dix minutes avant d'ouvrir ta porte, le jour où il a disparu.

Il est vrai que lorsque vous y êtes entrés ensemble il n'y avait personne... Mais qu'est-ce que cela prouve? Qu'il avait eu le temps de se réfugier ailleurs...

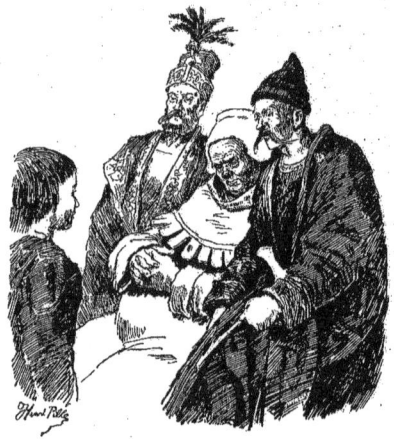

— AVOUE QUE NAÏVA EST ICI!

Toi seul as pu en prendre soin. Nous attendons de toi la vérité. Elle te sera payée cent écus d'or.

— Julian Fornerey a beau n'être que le fils d'un pauvre luthier, il n'est pas à vendre.

— Nous verrons, mon jeune coq, si tu chanteras toujours si haut. Rappelle-toi que si tu refuses de parler, nous saurons t'y contraindre.

— Je suis curieux de savoir comment vous vous y prendrez.

— Comment? En t'administrant la bastonnade sur la plante des pieds, ainsi que cela se pratique chez nous, ricana le Mongol.

Farandole se tourna vers l'intendant comme pour lui demander :

— Vous laisseriez faire ?

Mais il ne put rencontrer son regard. Et, à observer cette face où l'avarice avait posé sa griffe, il conclut en lui-même :

— Il laisserait faire, à n'en pas douter...

On lui aura promis de l'argent à lui aussi.

Froidement, l'air résolu, il déclara aux deux étrangers :

— Vous me feriez mourir sous le bâton sans rien tirer de moi, puisque je n'ai rien à vous dire.

Puis, s'adressant à Campestan :

— Vous aviez promis de m'accompagner un de ces jours, signor : sera-ce pour aujourd'hui ou dois-je aller seul à la pêche ?

— Va seul, et... réfléchis.

— Tu as jusqu'à demain pour cela, mon garçon, dit Ingassou. Demain à pareille heure, de gré ou de force, tu auras parlé.

Farandole salua sans répondre et sortit.

Il ne commit pas la faute de retourner à sa logette.

Cette prudente façon d'agir et l'air tranquille avec lequel il quitta le château troublèrent l'opinion des ennemis de Naïva.

Mais alors... s'il était sincère, qu'était devenu le prince ?...

On n'en procéda pas moins, sur-le-champ, à de minutieuses recherches.

Le point de départ fut naturellement la logette habitée par Farandole.

Mi-ré, Clair-de-lune et Kiki s'y ennuyaient de compagnie.

Des brins d'osier, un panier inachevé, traînaient au milieu de la pièce.

Aucune apparence de mystère ; on avait trouvé la clé dans la serrure. Nulle trace d'ouverture secrète non plus.

Cependant, Norr, s'étant fait expliquer que l'escalier aboutissait au chemin de ronde, observa :

— En Mongolie, les remparts communiquent toujours avec des passages souterrains. N'en est-il pas de même chez vous ?

— Je ne sais trop, fit l'intendant. Je suis à Montebianca depuis moins d'une année, je n'en connais pas tous les êtres. Et puis, c'est l'affaire du capitaine, cela ! Malheureusement le capitaine est avec monseigneur... Enfin, le plan nous indiquera...

Un reste d'honneur le retenant de trahir les secrets de son maître, il se reprit pour dire :

— Ce soir, si nous n'avons rien découvert, j'étudierai le plan, et demain, à la première heure, nous nous remettrons en chasse.

ILS PROCÉDÈRENT A DE MINUTIEUSES RECHERCHES

L'oreille contre la porte qui, seule, le séparait des deux Mongols, Naïva n'avait rien perdu de ce colloque.

Il lui expliquait l'absence de Farandole... Quant à celui-ci, de tout le jour, il ne porta en son esprit qu'une pensée :

— Demain à l'aube, il faut que nous ayons quitté Montebianca, je ne veux pas recevoir la bastonnade...

CHAPITRE IX

Farandole! Farandole!

Courbé sur l'immense table où il avait déroulé le plan du château, le signor Campestan s'évertuait à découvrir les issues secrètes de la vieille forteresse.

Mais il se perdait dans cette multitude de lignes.

Des hiéroglyphes lui eussent été aussi compréhensibles que les signes dont certaines cases du plan étaient marquées.

Il pouvait être une heure du matin. A part l'intendant, que la cupidité rivait à ses recherches, — car Farandole avait deviné juste, la prise du grand vizir devait lui rapporter cinq cents ducats, — et les deux Mongols que la haine tenait éveillés, tout le château semblait dormir.

Le veilleur lui-même s'était assoupi dans sa logette.

Soudain il se dressa terrifié !

Devant lui, tout près ! une énorme gerbe de flammes jaillissait du sol !

C'est à peine si le malheureux put saisir la corde de la cloche d'alarme et la mettre en branle.

Serviteurs et gardes furent réunis en un instant.

Mais ils contemplèrent la flamme sans rien faire pour l'éteindre.

— Elle sort de la citerne !...

Répétés de groupe en groupe, ces mots semaient parmi ces pauvres ignorants une terreur superstitieuse qui paralysait leur courage.

Cependant le son de la cloche d'alarme parvint aux oreilles de Campestan.

Il courut, affolé lui aussi.

En une seconde toute sorte de craintes étaient venues l'assaillir.

Les deux étrangers pouvaient être de connivence avec les bandits... Qui sait si en ce moment ils ne leur ouvraient pas la porte ?

Il voyait déjà le château livré au pillage et lui-même emmené prisonnier...
pour le moins...

En sorte qu'un soupir d'allégement sortit de sa poitrine quand, à sa
question :

— Qu'y a-t-il ?

on répondit :

.... Le feu !

Et il avait déjà recouvré son sang-froid lorsque cent voix, que l'épouvante
étranglait, crièrent toutes ensemble :

— Il sort des flammes du puits !

— Sont-ils devenus fous ? murmura Campestan à cette étrange nouvelle.

Sitôt dans la première cour, toutefois, il dut reconnaître qu'on lui avait dit
vrai. Mais il ne s'en montra pas très ému. Sa terreur, à lui, ayant du premier
coup atteint son paroxysme, ne pouvait que décroître.

En outre, il n'était pas superstitieux. Et ce fut d'un ton presque railleur
qu'il tonna de façon à dominer le vacarme :

— Tant d'émoi pour un incendie ! des soldats aguerris, tremblants comme
de vieilles femmes ! Depuis le temps que vous jetez tout ce qui vous embarrasse
dans cette citerne, il suffit que l'un de vous y ait lancé une torche mal éteinte
pour que ces débris se soient enflammés.

Allons ! allons ! vite aux chaînes ! Baissez le pont ! Tout le monde aux
fossés !

— Tenez-vous prêt, murmura Farandole à l'oreille de Naïva. Sortez le
premier. Je vous confie mon chat et mon oiseau. Mi-ré et moi nous nous
tirerons toujours d'affaire.

Ils étaient aux aguets derrière la porte ouvrant dans la logette du veilleur.
Quelques pas seulement les séparaient de la liberté, que l'ordre donné par
Campestan leur assurait enfin !

Ah ! qu'ils avaient travaillé de huit heures du soir à minuit ! Que de fagots !
que de paquets d'osier ! que de bottes de paille ils avaient traînés à la
vieille citerne !...

Le pont venait d'être baissé.

Julian s'avança prudemment.

Le passage était libre encore. Malgré les adjurations répétées de Campestan,
on s'agitait autour du mystérieux incendie sans vouloir l'éteindre.

— Vite ! commanda le jeune homme. Et il poussa dehors Naïva chargé de

Clair-de-lune et de Kiki, tandis que lui-même suivait, portant sous un bras Mi-ré et sous l'autre sa mandoline.

Personne ne les vit passer.

Ils coururent tout d'une traite jusqu'au bout de l'avenue.

Alors, seulement, ils s'arrêtèrent pour écouter et regarder.

CAMPESTAN CONSULTAIT LE PLAN DU CHÂTEAU

Le feu brûlait toujours. Mais des gens se mouvaient à présent sur le pont, et, à leur attitude, on devinait qu'ils puisaient de l'eau dans les fossés.

Attendez-moi, commanda Farandole.

Et, tournant à gauche, il courut l'espace de deux cents mètres environ.

Quand il revint, il était tête nue. Il expliqua à son ami :

— C'est afin de les dépister. Car ils vont nous poursuivre, vous n'en doutez pas, je pense.

Nous croyant sur cette route, ils nous chercheront à l'opposé de Brescia.

Et maintenant, partons !

Ils quittaient Montebianca aussi pauvres, aussi dénués qu'à leur arrivée et

15

plus encore, puisque Farandole venait de sacrifier son chapeau à leur sécurité. Naïva devait abandonner l'espoir d'échanger sa peau d'ours contre l'habillement promis par Quirino.

De quoi ils vivraient, ce jour même, ils l'ignoraient...

Mais, déceptions, soucis, ils oubliaient tout dans la joie d'avoir échappé au péril. Et ils marchaient aussi allègrement que s'ils ne fussent point allés à la rencontre de difficultés nouvelles.

Au château, la panique se calmait et l'eau pleuvait sur le bûcher entassé par les fugitifs.

Quand l'incendie fut éteint et toutes choses remises en ordre, le soleil se levait.

Chacun se rendit à ses occupations.

Mais le veilleur ne fut pas peu surpris, en regagnant son poste, d'apercevoir un trou béant dans la maçonnerie.

Il courut chercher Campestan.

Celui-ci fit appeler Ingassou et Norr qui, flairant quelque déconvenue, se hâtèrent de s'engager dans le passage secret.

A peine au bas des marches, ils comprirent que Naïva et Julian s'étaient moqués d'eux.

Ils crurent en étouffer de rage.

— Il nous échappe encore! rugit Ingassou.

— Pas pour longtemps, dit Norr avec un geste de menace.

— Je l'espère bien, déclara l'intendant. Ce petit effronté de musicien! Avoir osé se jouer de moi! Si je peux le lui faire payer!...

Les deux Mongols demandèrent leurs chevaux. Mais, ainsi que l'avait espéré Farandole, son chapeau, qu'ils découvrirent, les jeta dans la mauvaise voie.

Ils galopaient ventre à terre sur la route de Castiglione pendant que ceux qu'ils poursuivaient arrivaient en vue de Brescia.

Brescia était alors une ville fermée. Ses derniers possesseurs en avaient réparé les murailles, les fossés et les portes, si bien qu'on ne pouvait y pénétrer sans passer sous les yeux des hommes d'armes qui la gardaient.

Julian n'avait rien prévu de pareil.

Il se montra fort déçu.

Quel parti prendre?...

Il avait compté s'introduire dans Brescia par quelque faubourg, demander asile à de pauvres gens, et s'en aller, une fois le prince à l'abri, chercher de l'ouvrage dans les quartiers riches.

UNE VIEILLE FEMME S'AVANÇAIT

Cette combinaison devenait irréalisable. Il ne pouvait se présenter en plein jour aux soldats de garde, traînant un ours à sa suite.

Autant eût valu écrire sur la porte, pour l'instruction de ceux qui le cherchaient : « Le prince Naïva s'est réfugié ici... »

Le quitter?... Farandole ne s'y résignait point. Il lui semblait qu'en son absence des malheurs de tout genre devaient fondre sur le pauvre homme.

Il ne leur restait qu'à attendre la nuit tombante.

C'est à quoi ils se résolurent.

Ils s'étaient réfugiés sous de grands arbres, au bord d'un champ, à peu de distance de la route.

Couché à plat ventre parmi les hautes herbes, le fils du luthier observait avec attention les allants et venants.

Il attendait un visage qui lui plût, afin de s'enquérir des chances qu'avait un garçon de son âge de gagner sa vie à Brescia.

Mais, soit que ses dernières aventures l'eussent mis en défiance, soit que la physionomie des gens qui passaient fût en réalité peu avenante, il ne s'était décidé encore à aborder personne, lorsqu'il vit s'avancer une vieille femme portant sur le bras un petit paquet de linge.

Elle se tenait toute courbée et parlait à haute voix en marchant.

— Ah! ma pauvre fille! gémissait-elle, faut-il bien que tu sois morte! Que devenir sans toi!... Mes yeux s'en vont! Mes jambes ne veulent plus me porter... Misère!... misère!

Julian, qui la suivait du regard avec pitié, vit tout à coup une collerette en point de Venise glisser du paquet et rouler dans la poussière.

La vieille femme n'y avait pas pris garde. Elle continuait de cheminer.

Il s'élança, ramassa la précieuse dentelle et, la lui remettant :

— Ma bonne mère, voyez ce que vous alliez perdre. Je m'y connais. Il y en a pour plusieurs ducats.

Elle s'arrêta toute saisie.

— Ah bien! cette fois, c'était fini! J'étais condamnée à mourir de faim. Personne ne m'aurait plus donné d'ouvrage. Merci bien, signor.

Tout en causant, Marévana, — c'était le nom de la vieille blanchisseuse, — jetait des regards étonnés autour d'elle, se demandant par où était venu ce jeune homme qu'elle n'avait pas vu sur la route et ne connaissait pas comme étant de la ville.

Naïva avait pris l'attitude commandée par son état de bête féroce.

Et soudain Marévana l'aperçut.

Cette vue lui arracha un cri.

Elle voulut s'enfuir et l'eût fait sans nul doute, si l'excès de la peur ne lui eût enlevé l'usage des jambes.

Farandole s'efforça de la rassurer, disant :

— C'est un ours apprivoisé. Il est très doux et très bien dressé. Je suis montreur d'animaux savants. C'est un de mes métiers, du moins, car j'en ai d'autres ; par exemple, celui de blanchisseur de point de Venise.

— Vous ? un garçon ? Vous ne me ferez pas croire ça.

— Prenez-moi à l'essai. Si vous êtes mécontente de mon travail, vous ne me le paierez pas. Mais mon ours est malade et si je pouvais lui donner quelques jours de repos, je serais bien content.

Un ours malade était déjà de moitié moins redoutable ; Marévana consentit à s'en approcher.

Cependant, sa terreur calmée, son étonnement passé, elle jeta les yeux sur la collerette, et, la voyant toute salie, se reprit à se lamenter.

Il lui fallait retourner au ruisseau. Son eau seule donnait la blancheur voulue au point de Venise.

Et elle était si lasse ! Aurait-elle la force de refaire ce long chemin ?...

— J'irai à votre place si vous avez confiance en moi, proposa Julian. Et je crois que vous le pouvez, car, si j'eusse voulu dérober la collerette, je n'avais qu'à me taire. Vous la laissiez bel et bien derrière vous.

Le raisonnement était si juste qu'elle consentit sans faire d'objections.

— Du reste, ajouta le jeune homme, je vous laisse en gage ma mandoline et mes bêtes.

— Les autres, oui, mais pas votre ours. Apprivoisé ou non, je ne veux pas rester seule avec lui.

— C'est bon. Je l'emmène.

Julian et Naïva s'éloignèrent suivis de Mi-ré.

Mais le ruisseau était loin, beaucoup plus loin que ne l'avait annoncé la vieille blanchisseuse.

Par prudence, à chaque voyageur qu'ils apercevaient, ils se retiraient derrière un buisson jusqu'à ce qu'il fût passé ; or, la route était fréquentée...

Il s'écoula donc un temps assez long avant qu'ils ne fussent de retour.

Si bien que Marévana commençait de trembler que Julian ne reparût point. Et, comme il était dans sa nature de se désoler sans cesse, avec ou sans raisons, elle était en train de pleurer son beau col en échange duquel il ne lui resterait qu'un chat, un moineau et un méchant instrument de musique, lorsqu'elle vit revenir son jeune commissionnaire.

La joie de rentrer en possession du morceau de dentelle la rendit accommodante. A tel point qu'elle finit par céder aux instances de Farandole, et l'accepta pour ouvrier. Il existait au fond de son jardinet un vieux hangar où les bêtes et leur maître pourraient loger. Cela ne lui causerait aucun dérangement.

Par exemple, elle refusa net d'accorder le moindre salaire, estimant que la

JULIAN OCCUPAIT DE SON MIEUX LA SENTINELLE

nourriture de ces cinq bouches, grandes ou petites, lui coûterait plus que le travail du jeune homme ne lui rapporterait d'argent.

Il en fallut passer par là.

Farandole se résigna gaiement et repartit :

— D'ici à huit jours, vous aurez changé d'avis, ma bonne mère.

Puis il exprima le désir d'entrer le plus tard possible en ville, de crainte qu'un ours n'effrayât les habitants.

Elle jugea l'idée fort sage. Cela lui donnerait le temps de préparer son mari à une si étonnante compagnie.

Car Marévana avait un mari, un mari infirme, toujours au lit, qu'il lui fallait soigner, nourrir à elle seule, depuis que sa fille était morte. Un peu d'aide lui devenait indispensable. Aussi murmurait-elle en quittant le jeune homme :

— S'il ne se vante pas, j'ai fait une vraie trouvaille...

Les deux amis n'étaient pas moins satisfaits.

— Plus humble est le gîte, plus il est sûr, disait le grand vizir.

Restait à préparer l'entrée à Brescia... Julian s'efforçait d'en découvrir le moyen tout en regardant le soleil se coucher lentement derrière la montagne dans une gloire de pourpre et d'or pâle.

Bientôt les laboureurs, que leurs travaux retenaient tout le jour au dehors, affluèrent sur la route.

Les uns traînaient de petites charrettes pleines de légumes et de fruits, les autres chassaient devant eux des moutons ou des chèvres.

Et tout ce monde se hâtait vers la porte, comme poussé par une crainte de la trouver fermée.

— Je crois qu'il est temps, dit Farandole.

Ils quittèrent leur retraite, ayant soin de se tenir du côté où déjà l'ombre s'étendait.

Parvenu à une petite distance des remparts, le bon Naïva s'arrêta, ainsi qu'ils en étaient convenus.

Les passants se faisaient rares...

Julian posa sur son bras sa cage, dont il avait eu le soin d'ouvrir la porte, et poursuivit son chemin en feignant de mettre en ordre la maison de Kiki.

Mais lorsqu'il se vit à vingt pas de la sentinelle, il modula un sifflement dont le sens était bien connu de l'oiseau.

En dépit de l'heure avancée, Kiki battit des ailes et sauta sur le poignet de son maître.

Le jeu consistait pour Julian à lancer une graine au loin, et pour le moineau à tâcher de la retrouver.

Cette fois, n'ayant autre chose, le jeune homme envoya un petit gravier dans la direction de la hallebarde sur laquelle s'appuyait le soldat.

Effrontément, Kiki alla se percher sur l'arme où ses petits yeux ronds avaient cru voir tomber la friandise espérée.

— Mon oiseau ! hé ! monsieur le soldat, voyez donc mon oiseau, cria Julian.

Et le soldat de rire !

Kiki désappointé vola sur l'épaule de son maître, l'air de dire :
« Recommence ! »

Celui-ci occupait de son mieux la sentinelle et, peu à peu, l'amenait, en agaçant son moineau, à tourner le dos à la porte qu'elle devait garder.

Deux maraîchers venaient de passer en courant.

Personne ne se présentait plus.

Le grand vizir jugea le moment favorable. En quelques bonds il eut atteint le pont-levis et, moins d'une minute après, il était à l'abri sous l'auvent d'une boutique déjà fermée.

Kiki avait réintégré sa cage, non sans quelques façons.

Farandole fit au soldat un petit salut moqueur et passa tranquillement.

Derrière lui on releva les chaînes : personne n'entrerait à Brescia avant l'aube du jour suivant. Il ne s'agissait plus, pour les deux amis, que de parvenir au logis de Marévana.

Cela ne laissait pas d'être assez compliqué. Il fallait compter trois rues, tourner à gauche, compter deux autres rues, descendre un escalier et s'engager dans une ruelle se terminant en cul-de-sac.

La masure de la blanchisseuse en occupait le fond.

A cette époque, les villes n'étaient pas éclairées.

Ceux qui voulaient sortir le soir devaient se faire précéder d'une torche ou s'armer d'un falot.

Mais bien loin de s'en plaindre, les voyageurs bénirent l'obscurité.

Hors Marévana, nul ne serait instruit de la présence d'un ours, au moins ! Leurs ennemis avaient pour toujours perdu leurs traces, cette fois !

Il était près de dix heures quand ils atteignirent enfin la ruelle.

Marévana les attendait et les conduisit au hangar qui leur était destiné. Elle y avait mis un peu d'ordre et avait apporté à l'intention de Julian une paillasse et un escabeau.

Comme elle élevait sa lampe pour lui faire admirer l'arrangement du misérable galetas, le regard du jeune homme tomba sur une brassée de fourrage grossier, plus semblable à des joncs qu'à tout autre herbage.

Il demanda, l'air étonné :

— Pourquoi faire ça ?

— Pour faire souper votre ours : c'est du foin.

— Ma bonne mère, les ours sont carnivores. Le mien mange la même cuisine que moi. Mais, rassurez-vous, il a un très petit appétit.

LE PETIT HOMME TOMBA LE NEZ SUR SON POISSON

— Petit ou gros, il tâchera de le contenter avec ça, fit-elle d'un ton décidé ; j'ai compté le nourrir de foin, je ne lui donnerai pas autre chose : ou bien il n'y a rien de fait.

Une bête féroce, manger comme des chrétiens ! Santa Lucia ! je n'y saurais consentir. Il s'habituera.

— Je ne crois pas, murmura Farandole en réprimant mal un sourire.

— Faudra bien, déclara la vieille avec un hochement de tête obstiné.

Il n'insista pas, devinant que cela ne servirait de rien.

Et les deux amis vécurent de la maigre pitance que Marévana mesurait parcimonieusement au jeune homme.

La vieille blanchisseuse n'eut pas un soupçon.

Comme elle ne retrouvait jamais un fétu du fourrage qu'elle persistait à déposer chaque matin devant Naïva, elle ne tarda pas d'être persuadée, au contraire, que l'ours en faisait ses délices.

Et, triomphante, elle ne cessait de répéter :

— Je vous l'avais bien dit qu'il s'habituerait à manger du foin, votre ours.

Les yeux rieurs de Farandole se tournaient alors vers la paillasse, qui prenait chaque jour un peu plus d'épaisseur et promettait de devenir, avec le temps, tout à fait confortable.

Le courageux garçon riait de tout, au reste. Chaque péril évité le laissait plus vaillant.

Il riait de leur misère, plaisantait de la cuisine abominable que confectionnait son hôtesse...

Une seule pensée amenait parfois une ombre sur son front : comment se procurer un habillement pour le prince ?

Il lui fallut menacer Marévana de se mettre à son compte et de lui enlever ses clientes, qui toutes se montraient enchantées du nouvel ouvrier, pour obtenir d'être payé un demi-écu de trois livres par semaine !

Encore ce demi-écu était-il promis, c'est-à-dire à l'état de très faible espérance.

Julian avait bien essayé de se procurer de l'ouvrage chez un tailleur, mais, partout, on était pourvu d'apprentis.

Dès qu'il avait un moment, il sortait et s'informait, aux jeunes gens de son âge, des moyens qu'offrait Brescia à ceux qui voulaient s'enrichir.

On riait et on répondait : « Rien à faire... » Brescia était si fort appauvrie par les guerres ; les Guelfes et les Gibelins, en se la disputant, l'avaient si bien pressurée, chacun de son côté, que toutes ses industries se mouraient écrasées sous le poids des exactions.

Les démarches de Julian n'avaient servi qu'à une chose : lui créer des amis.

Toute la jeunesse du quartier lui faisait fête quand il paraissait, souriant, et proposait une farandole, la journée finie.

Il avait appris aux jeunes Italiens les rondes françaises que lui faisait jadis chanter son père, et, se tenant tous par la main, ils parcouraient la ville en déroulant, à travers les rues, les replis de la danse joyeuse dont Julian portait le nom.

— Tu t'es bien amusé? lui demandait paternellement Naïva, lorsqu'ils se retrouvaient, au moment du souper, devant quelque ragoût que la faim, une faim toujours inapaisée, parvenait seule à leur faire absorber.

— Oui, je me suis bien amusé... mais cela ne nous avance guère...

— Si nous partions? proposa un soir le prince. Peut-être serions-nous plus heureux ailleurs?

Partir... Julian ne désirait autre chose! Que de fois sa maison au faîtage d'iris bleus, son champ, sa vigne et ses chênes venaient hanter sa pensée! Mais il se disait que, s'il lui fallait amener le grand vizir jusqu'en France dans sa peau d'ours, le voyage s'en trouverait tant et si bien compliqué qu'une année ne suffirait peut-être pas pour l'accomplir.

Il s'était informé.

Avec deux écus, il aurait un habillement modeste, mais enfin un habillement et des sandales. Lui se passerait de chapeau.

Seulement, pour parfaire les deux écus, il faudrait dix jours.

Et encore! quels trésors d'éloquence ne devrait-il pas dépenser, l'heure venue, pour extraire son argent du tiroir de Marévana!...

Mais qui sait jamais, en ce monde, comment arriveront les choses dix jours plus tard?

Le surlendemain de celui où Naïva et son jeune ami tentaient de fixer la date de leur départ, Marévana fut obligée d'aller au ruisseau de la montagne.

Et comme il y avait de l'ouvrage à reporter, elle en chargea Julian.

La ville était envahie à cette heure matinale par tous les gens des environs qui l'approvisionnaient de lait, de volailles et de fruits.

Amusé de ce spectacle, le fils du luthier s'en allait le nez en l'air, sans se presser, s'excusant d'un mot ou d'un sourire quand il avait heurté quelque passant.

DEVANT LE PORCHE UN HÉRAUT PUBLIAIT QUELQUE CHOSE

Il venait de traverser la place de la Loggia et se disposait à tourner le coin de la rue qu'habitait sa cliente, quand un petit homme chargé d'un panier débordant de poisson et fort pressé sans doute, car il courait à toutes jambes, vint donner de la tête juste sur lui.

Farandole fit un bond de côté pour éviter le choc. Et le petit homme lancé en avant tomba le nez sur son poisson qui tomba lui-même dans la rue.

L'auteur de l'accident allait se baisser pour en réparer les suites, quand un regard jeté du poisson sur le panier et du panier sur son propriétaire modifia ses dispositions charitables.

Il avait devant lui le berger de Montebianca.

— Quirino !...

Le nom lui échappa...

Ses lèvres ne l'eurent pas plutôt prononcé, qu'il comprit son imprudence. Pour essayer d'en atténuer la portée, il se hâta de s'éloigner.

Mais Quirino avait relevé la tête et reconnu Julian, lui aussi.

— Qu'a-t-il donc à se sauver ? Moi qui aurais été si content de le revoir ! Je lui aurais donné des truites, aussi vrai que les voilà toutes dans la poussière...

Ce bon Quirino était si fâché de n'avoir pu faire un petit présent au jeune homme, qu'à peine de retour au château, il s'en ouvrit à l'un de ses camarades.

Mais le malheur voulut que ce confident fût des plus mal choisis.

Une heure plus tard, Campestan savait où prendre Farandole.

Se croyant certain de ne pas avoir été reconnu, celui-ci était loin de prévoir les suites de cette rencontre.

Non seulement il avait omis d'en parler au prince, mais c'est à peine s'il y songeait encore lui-même.

Le dimanche suivant, comme il se rendait à la messe, à la vieille église du Duomo Vecchio, il aperçut devant le porche un héraut en train de publier quelque chose.

Il prêta l'oreille.

Ce que l'on annonçait aux bourgeois et au peuple, c'est que Brescia recélait dans ses murs le grand vizir du sultan Mongoulou, caché dans la peau d'un ours brun.

Ce personnage étant coupable de haute trahison, le Grand Seigneur offrait à celui qui le livrerait quarante ducats d'or! criait le héraut de toute la force de ses poumons.

Puis il avertit les habitants que deux hommes se tiendraient à chacune des portes de la ville, prêts à verser le prix convenu en échange du prince Naïva.

— Deux hommes, pensa Farandole, c'est-à-dire un émissaire du sultan et un bandit, sans doute. Ils se surveillent...

Allons ! il fallait tenter de fuir encore une fois ! Mais en viendrait-il à bout ? Et quand, par miracle, il traverserait la ville sans être arrêté, ne serait-ce pas pour tomber aux mains d'un Mongol et de Paolo ?...

ILS DISCOURURENT LONGUEMENT

Autre danger : Marévana ne pouvait manquer d'apprendre la nouvelle. Elle était en ville, justement !

Résisterait-elle à une tentation si forte ?

Julian, qui savait sa misère, n'osait trop l'espérer.

Il rentra donc au logis cruellement anxieux. La vieille blanchisseuse n'était pas de retour encore.

L'idée vint à Farandole de mettre à profit son absence pour obtenir du mari l'argent qui lui était dû.

S'ils parvenaient à quitter Brescia, le prince et lui, ils en auraient si grand besoin !

Il exposa donc à l'infirme que la chaleur rendait l'emplette d'un chapeau tout à fait indispensable.

LES DEUX ÉTRANGERS GESTICULAIENT PARMI LES MOUTONS

17

— Je n'ai pas la clé du tiroir, dit l'homme. Attendez Marévana. La voici, tenez...

Mais Marévana accueillit d'autant plus mal la requête de son ouvrier que son tiroir était vide.

Elle venait de payer ses dernières dettes et de faire ses provisions pour la semaine, elle ne possédait plus un denier.

Julian n'insista pas. Il avait surpris dans le regard de la vieille femme une lueur inquiétante et il pensait :

— Elle sait tout... Si je ne parviens pas à lui donner le change sur mes intentions, elle est capable de livrer le prince aujourd'hui même.

Aussi s'empressa-t-il de dire :

— Eh bien, ma bonne mère, quand vous pourrez. J'en serai quitte pour me passer de chapeau. On m'a promis beaucoup d'ouvrage pour cette semaine, chez la baronne Amati. Vous me paierez dimanche prochain.

— Oh ! d'ici à dimanche...

Elle se mordit la lèvre, et, après avoir gardé le silence un instant, finit par demander :

— Vous sortirez tantôt ?

— Je crois bien ! Nous avons projeté une farandole qui mettra la ville en révolution.

Il est convenu qu'on y fera entrer tous ceux qui passeront dans la rue. Ainsi ne vous avisez pas de sortir. Que cela vous agrée ou non, vous seriez prise dans la chaîne.

Et il partit en riant.

— La nuit porte conseil, murmura Marévana. Il va apprendre le danger qui menace son ami... Quelle aventure ! J'ai logé un grand vizir du sultan Mongoulou ! Et moi qui lui portais du foin...

Julian me suppliera de me taire, bien sûr...

Tout en se parlant à elle-même, comme c'était son habitude, la vieille femme chassait devant son balai la poussière amassée dans les coins de la maison.

Soudain, elle interrompit son travail pour s'écrier presque à haute voix :

— C'est riche, un grand vizir ! si celui-là me promettait soixante ducats pour me taire, je me tairais, oui... oui... Ça m'ennuie de le livrer, cet homme.

Au chiffre de soixante ducats, son mari dressa l'oreille. Il la questionna et alors elle lui conta toute l'affaire. Lui n'éprouvait aucun scrupule de livrer cet inconnu. Il voulait qu'elle allât conclure ce marché sur-le-champ.

Sa compassion inspira à la vieille d'observer :

— On ne donne que quarante ducats. Si ce grand vizir voulait nous en promettre soixante, Julian est si honnête que je me fierais à lui pour les rapporter, quand ils seront arrivés où ils se rendent.

Après avoir longtemps discouru, ils décidèrent de consulter Julian avant d'agir.

De leur petite maison perdue au fond de cette ruelle, ils entendaient les chants de la farandole.

C'est Julian qui la conduisait; donc il ne se doutait de rien.

C'est Julian qui menait la danse, en effet.

Et, tout en entraînant de rue en rue, de carrefour en carrefour, jeunes gens et jeunes filles, il combinait un plan.

Il avait choisi pour voisin son meilleur camarade, un garçon de son âge aussi rieur que lui.

Quand on fut à cent pas de la porte ouvrant sur la route de Milan qu'il songeait à prendre, indiquant du doigt Norr et un bandit, l'homme à la cicatrice, debout à côté du hallebardier de garde :

— Tu vois bien ceux-là, dit-il à son ami, je veux qu'ils dansent! aujourd'hui, il faut que bêtes et gens, tout y passe! Joignons les deux bouts. Une fois la chaîne double, personne ne nous échappera.

— Ça va! dit le camarade enchanté. Julian recommença un couplet de la ronde, et quand la bande entière l'eut repris, il commanda :

— Tournez autour de ces deux étrangers, qu'on les roule et qu'on ne les lâche plus.

— Et ces moutons ? fit le jeune Italien, montrant un troupeau qu'on ramenait du pâturage.

— Tout !

Le mot d'ordre passa de bouche en bouche, et chacun de rire...

Julian courut rejoindre l'autre bout. A ceux qui l'interpellaient au passage, il expliquait :

— C'est pour faire la ronde.

Au premier coin de rue, un regard jeté en arrière lui apprit qu'on avait suivi ses instructions.

Les deux étrangers étaient pris dans la chaîne et gesticulaient furieusement

parmi les moutons, à la grande joie des danseurs. L'ami de Naïva avait rejoint
le dernier de ceux-ci.

ILS TREMBLAIENT D'ÊTRE APERÇUS

Il le prit par la main en criant :
— Farandole! farandole!
Puis tout le monde se remit à chanter.
La chaîne se repliait rapidement. Quand la queue fut nouée à la tête, les

deux rangs se touchaient tant la rue était étroite. A toutes les fenêtres des curieux se pressaient.

Et c'était un perpétuel échange de plaisanteries...

La ville de Brescia n'était plus qu'une chanson enguirlandée d'éclats de rire.

Julian cria soudain :

— Sur la route de Mantoue !

Et tournant, riant, chantant, toute cette folle jeunesse traversa la ville, englobant au passage des chèvres, des bourgeois, des ânes, de graves magistrats, des hommes d'armes, tout ce qui apparaissait dans la rue, en un mot.

La farandole se déroulait maintenant sur une place.

Vivement le fils du luthier unit les mains de ses deux voisins après leur avoir glissé à l'oreille :

— Vous me retrouverez à la porte...

Ils sourirent et firent un petit signe d'acquiescement, certains que le jeune homme leur préparait quelque nouvelle surprise.

Celui-ci avait rapidement gagné une rue transversale, étroite et, à cette heure, déserte.

— Et maintenant, mon Dieu ! à mon secours ! murmura-t-il. O douce Madone, inspirez-moi ! Je vous promets un cierge, sitôt au Cigalier.

Son bon cœur ne lui laissait pas même entendre qu'il s'y fût rendu en peu de temps, s'il eût renoncé à tirer d'affaire le prince Naïva.

Non, en vérité, cette pensée n'effleura pas son esprit...

Il courait à toutes jambes. Il fallait que dans un quart d'heure il eût quitté la ville.

Allant droit au hangar, il dit à Naïva :

— Partons ! vite... vite !... Vous êtes découvert !

Sans demander aucun renseignement, le prince suivit son jeune compagnon, après avoir, toutefois, glissé Clair-de-lune dans la poche que le chat avait coutume d'habiter, depuis qu'ils avaient fait connaissance.

Julian se chargea de Kiki et de sa mandoline, Mi-ré ferma la marche.

Ils se courbèrent en passant devant la porte de la maison dont le vantail supérieur était ouvert. Ils tremblaient d'être aperçus.

Mais Marévana somnolait, son chapelet entre les doigts, et l'infirme dormait tout à fait.

La population s'était portée sur le parcours de la farandole. Ils purent, sans rencontrer âme qui vive, gagner la porte de la ville.

Mais comment la franchir ?

Les danseurs qui avaient si gaiement entraîné les étrangers ne se seraient
pas permis d'en agir ainsi avec la sentinelle.

Celle-ci se tenait à son poste, appuyée sur son arme...

IL PROMENA SA MAIN DANS LA POUSSIÈRE

Faisant basculer une petite carriole rangée sous un porche, à l'angle d'une
rue voisine, Julian dit au grand vizir.

— Tenez-vous aux aguets derrière cette voiture. Je ne sais encore
comment je m'y prendrai. Ne me perdez pas de vue.

Puis il se rapprocha de la porte, l'air insouciant, mais l'œil à tout.

Et soudain, un sourire passa sur ses lèvres.

L'idée qu'il cherchait était là, dans cette écuelle posée sur un banc de pierre, à côté de l'homme de garde. Celui-ci contemplait la petite écuelle avec un regard auquel un estomac ayant souffert la faim ne pouvait se méprendre.

— Il compte les minutes, pensa le fils du luthier ; je connais ça...

Se baissant comme s'il eût laissé tomber quelque chose, il se mit à promener sa main dans la poussière, jusqu'à ce que son manège attirât l'attention du hallebardier.

Alors il lui demanda :

— Vous n'apercevez pas une pièce de monnaie dans ma direction ?

Le hallebardier regarda de-ci de-là. Et ils échangèrent quelques mots.

Voyant qu'il tournait le dos à sa chère petite écuelle, Julian la montra d'un signe de tête à Mi-ré.

Et il dit entre ses dents :

— Apporte...

Puis, bien vite, se relevant, il prononça :

— J'y renonce.

Et il passa en saluant.

Le chien, qui était allé prendre l'écuelle et la tenait fièrement entre ses dents, courut après son maître.

La sentinelle s'aperçut du larcin et se mit à invectiver le voleur dans l'espoir de lui faire lâcher prise.

Mi-ré ne tourna même pas la tête.

Et les secondes s'écoulaient...

Car, entre sa consigne et son estomac, le volé n'osait pas choisir...

A la fin, pourtant, l'estomac cria tant et si bien famine que, laissant là son arme, le pauvre soldat se mit à la poursuite de son souper...

Mais le souper trottait... trottait...

Farandole pressait de plus en plus son allure et ne cessait de siffler son chien, de crainte qu'il ne ralentît la sienne.

Naïva observait en riant cette scène. La porte libre, il passa, et, une fois sur la route, sauta dans une plantation de maïs assez haute pour le dérober aux regards : il était en sûreté.

Farandole en fut averti par le cri dont ils étaient convenus.

Aussitôt, se tournant vers son chien, il commanda :

— Donne !

Toujours docile, Mi-ré posa l'écuelle. Et tous deux détalèrent, laissant le hallebardier en face de son pauvre souper auquel manquait, hélas ! toute la sauce.

Les deux amis s'étaient rejoints et s'embrassaient comme deux frères.

Il s'agissait maintenant de se garder. Pour donner le change à leurs ennemis, ils convinrent de demander dans les deux ou trois premiers villages la route de Milan.

Ils la suivraient l'espace de quelques milles. Mais, profitant de la nuit, ils tourneraient à gauche et s'orienteraient droit sur Gênes.

Cette combinaison réussit de tout point. Les émissaires de Mongoulou se lancèrent sur la route de Milan avec Paolo.

Lorsqu'ils ne purent recueillir de renseignements sur un ours et un jeune homme, supposant que le fils du luthier s'était procuré des habits pour le prince, ils s'informèrent de deux voyageurs, l'un blond et l'autre brun.

Or, comme les gens qui ont la prétention de tout voir, de tout savoir et d'avoir tout prévu sont de tous les pays, partout il se rencontra quelqu'un ayant remarqué deux hommes qui répondaient à ce signalement.

Pendant un temps, la sécurité du grand vizir et de son jeune ami était donc assurée.

Mais tout péril n'était point écarté...

Encore qu'ils prissent une autre route, les Mongols se rendaient droit à Gênes, cela, par la faute de Julian.

Causant un jour avec Marévana de son voyage de France, l'étourdi n'avait-il pas nommé Gênes comme le port où il comptait s'embarquer ?

En s'apercevant du départ de ses hôtes, Marévana furieuse avait couru faire sa déclaration. On l'avait payée un ducat pour tout dire, et, honnête à sa manière, elle n'avait rien omis...

Les fugitifs et leurs ennemis marchaient donc parallèlement et devaient, par la force des choses, se rencontrer encore.

Mais, cela, Naïva ni Julian ne le soupçonnaient.

Ils étaient certains du succès de leur ruse.

Cachés derrière une haie, ils avaient entendu un voiturin, à qui Paolo s'était informé, raconter son entretien.

Ils étaient alors à trois journées de marche de Brescia.

Ils continuèrent de s'en éloigner, mais en ayant soin de toujours obliquer vers le sud afin d'éviter Milan.

Ils avançaient un peu au hasard, toutefois. Les routes de ce temps n'étaient

18

guère que des chemins mal frayés. Les villages étaient rares, leurs habitants n'avaient que peu de rapports; souvent même, d'une bourgade à l'autre, ils ne se connaissaient pas.

Farandole n'obtenait la plupart du temps que des indications vagues et parfois contradictoires, qui le laissaient irrésolu...

Et puis, cette malheureuse peau d'ours, dont Naïva n'avait pas la possibilité de sortir, puisqu'elle était son unique vêtement, leur suscitait de constants embarras.

Partout on les repoussait. Bien heureux lorsqu'on ne les chassait pas à coups de fourche.

A certains jours il leur fallut vivre de fruits ou d'un rayon de miel sauvage. La fatigue, la faim commençaient de les accabler.

Julian lui-même se sentait près de s'abandonner au découragement, quand, un matin, ils entrevirent à l'horizon le clocher d'un village.

Le bourg était d'une certaine importance, sa situation sur la pente d'une colline permit aux voyageurs de s'en rendre compte.

— Peut-être serait-il sage que tu y entres sans moi, proposa le grand vizir.

— Peut-être... essayons...

Ils cherchèrent un lieu retiré où Naïva pût attendre, sans risquer d'être aperçu.

Et, en parcourant les environs, ils découvrirent une rivière très large qui descendait vers le midi.

— Voici notre guide, s'écria le prince. Cette rivière va sûrement à la mer. Suivons ses bords. Nous ne courrons aucun risque de nous égarer.

Il s'installa sous un arbre avec Clair-de-lune et Kiki, tandis que Farandole et son chien remontaient vers le village.

En pénétrant dans la rue principale, le jeune homme accorda sa mandoline et commença de jouer.

Son instrument était si nouveau, ses airs si jolis, sa physionomie si franche qu'on fit bientôt cercle autour de lui.

Quand il se vit en présence d'un public suffisamment nombreux, Julian se mit à chanter.

Mais il chanta en français.

Il en advint ce qu'il avait espéré.

Cette langue inconnue éveilla la curiosité de ses auditeurs qui le questionnèrent à l'envi.

ON FIT CERCLE AUTOUR DE JULIAN

Qui était-il ? d'où venait-il ? Où se dirigeait-il ?

Le jeune voyageur conta son histoire et la malencontreuse aventure qui l'avait laissé sans argent.

Toutefois, il n'alla pas plus loin dans ses confidences.

De Naïva, il ne fut point question.

Après qu'il eut intéressé tout le monde à son sort, il s'informa s'il n'y aurait pas d'ouvrage pour lui dans le pays.

Et il énuméra ses différents métiers.

L'entendant déclarer qu'il savait coudre, une matrone leva les bras au ciel et s'écria :

— Un garçon qui sait coudre est tailleur. C'est donc à dire que vous viendriez à bout de parfaire une veste commencée et des braies que le pauvre Amato a dû laisser à moitié cousues, le bon Dieu l'ayant appelé à lui avant qu'il ait fini d'enfiler son aiguille.

Et mon fils Francisco en a besoin pour demain ; il se marie !

— J'essaierai, dit modestement Farandole. Montrez-moi ce qu'il y a à faire.

On le conduisit à la maison du fiancé, lequel se lamentait déjà d'être sans habits neufs pour la cérémonie qui se préparait.

Après avoir examiné les différentes pièces du costume en cours d'exécution, le tailleur improvisé déclara pouvoir s'en tirer à son honneur.

On l'installa dans une pièce située tout en haut de la maison, et il se mit à l'ouvrage.

Mais, quel que fût son désir de mener à bien son entreprise, il ne pouvait se défendre d'être distrait.

Sous ses yeux s'étendait la plaine, une plaine immense coupée de rizières, de plantations de toute sorte, à travers lesquelles il voyait luire au soleil l'eau argentée de la rivière.

A chaque instant, son regard se portait du côté où il supposait Naïva.

Il eût aimé à se rendre compte de la distance qui les séparait.

Pourrait-il entendre un appel du prince, en cas d'alarme ?

Tout à coup, une masse brune, qu'il reconnut sans peine être le grand vizir, se dressa au fin bord de l'eau.

Qu'y faisait-il ?

Une raie brillante traversant l'espace édifia le jeune homme sur l'occupation à laquelle se livrait son ami : Naïva pêchait à la ligne !

— Il est bien imprudent, murmura Julian en hochant la tête. Si je l'aperçois d'ici, d'autres peuvent le distinguer...

Et, tout en tirant activement l'aiguille, il jetait de temps à autre un coup d'œil sur le pauvre ours, à qui la faim avait conseillé de mettre à profit le voisinage de la rivière, sans doute.

Soit que le prince eût fait une réflexion analogue à celle de son jeune compagnon de voyage, soit que sa pêche lui parût suffisamment abondante, il abandonna bientôt son passe-temps pour se diriger vers la partie boisée de la rive, où il se perdit.

A partir de ce moment, Farandole fut tout à son travail.

Il avait exécuté des choses aussi difficiles que de coudre des habits tout faufilés.

A la seconde visite que lui fit Francisco, il put l'assurer que tout serait fini le soir, et parfaitement réussi.

Et avec sa franchise ordinaire, il ajouta :

— Je n'y aurai aucun mérite. Celui qui a commencé vos habits était un adroit tailleur. Ce n'est rien, de les achever, préparés comme ils le sont.

— C'est à vous que je devrai de les pouvoir endosser. Aussi, je vous invite à ma noce.

Il disparut sans attendre la réponse. Mais ce fut pour revenir l'instant d'après chargé de victuailles.

Inspiration bénie ! Car Farandole sentait par moments la tête lui tourner et le cœur lui faillir, tant il avait faim !

S'il fit honneur à l'appétissant repas qu'on lui servit, il n'omit point toutefois de bourrer ses poches.

Naïva non plus n'avait mangé ni viande de mouton, ni lazagnes, ni polenta depuis longtemps...

Et, comme une heure plus tard le fiancé montait pour la quatrième fois ·

— Puisque vous m'invitez aux fêtes de votre mariage, dit le fils du luthier, je jouerai de la mandoline en tête du cortège, à côté de vos tambourins, et, le soir, je ferai danser.

Je vous demanderai seulement tout à l'heure à m'interrompre un moment de coudre. Une petite promenade me dégourdira les jambes.

— J'aurais plutôt cru que vous aviez besoin de repos, observa l'épouseur.

— Je ne suis jamais fatigué que lorsque je reste assis, répondit Farandole sans se déconcerter.

Puis il s'informa :

— Quelle est cette rivière ?

— C'est l'Adda.

— Elle va jusqu'à la mer, sans doute ?

DES VOIX LUI SEMBLAIENT VENIR DE LA RIVIÈRE

— J'ai entendu dire qu'elle se jette dans le Pô et qu'ils allaient à la mer ensemble, en effet.

— A Gênes ?

— Ah ! vous m'en demandez trop long. Je n'ai jamais quitté le village.

Après avoir travaillé une heure encore, Julian sortit comme il l'avait annoncé.

Il laissait son chien et sa mandoline, l'un gardant l'autre : personne ne lui dit rien.

Naïva accueillit la visite et les provisions avec un égal plaisir, et, généreusement, il abandonna à Clair-de-lune les deux poissons crus dont il se disposait à faire son déjeuner.

Farandole conta l'emploi de sa matinée.

— Je n'ai pas fixé de prix, ajouta-t-il, mais c'est leur rendre un tel service qu'ils me paieront bien, j'en suis sûr.

Il annonça, en partant, qu'il reviendrait à la nuit.

Sitôt rentré, sans perdre une minute, il se remit à l'ouvrage.

Il tirait l'aiguille avec ardeur. Pas une seule fois, de tout l'après-midi, il ne leva les yeux.

L'ombre grandissait. On n'y voyait plus qu'à peine, mais sa tâche était presque achevée. Encore quelques boutons à fixer et il aurait tenu sa promesse de livrer les habits de noce avant la fin du jour.

A ce moment, le bruit d'une chanson vint frapper son oreille.

Ce bruit était lointain, et cependant il montait si pur, si net, qu'on le sentait isolé des rumeurs du village.

Julian ne put se tenir de regarder, car les voix lui semblaient partir de la rivière. Il ne se trompait pas.

Un énorme train de bois descendait le fil de l'eau, dirigé par une douzaine de grands montagnards dont les silhouettes se détachaient superbes sur la transparence de ce jour tombant.

C'étaient eux qui chantaient.

Un peu de brume montait déjà de la rivière, s'allongeait sur les bords dont les contours devenaient indécis.

Julian ne parvenait plus à définir exactement le lieu où se tenait Naïva.

Et, le cœur étreint d'une vague inquiétude, il pensait :

— Pourvu qu'on ne l'aperçoive pas du radeau !

Brusquement, comme pour donner raison à ses craintes, les montagnards interrompirent leur chanson.

Une agitation extraordinaire se produisit parmi eux.

De sa fenêtre, Farandole entrevoyait de grands gestes, des bras levés, des corps penchés en avant...

Puis on dut commander quelque manœuvre, car il y eut de rapides allées et venues.

Mais le fils du luthier ne vit rien de plus.

Francisco et sa promise venaient de se placer entre la fenêtre et lui.

Et ils demandaient :

— C'est fini ?

— Plus que ces quatre points..... Je les fais... Et, voici...

— Nous vous prions de souper avec nous, dirent les deux fiancés, après avoir reçu la veste et le haut-de-chausses des mains de l'habile ouvrier.

Tirant de sa poche un écu, l'épouseur ajouta :

— Ce n'est pas vous payer ce que cela vaut. Mais, restez quelque temps chez nous. Ceux qui verront ce que vous savez faire vous...

Un cri fendit l'air, interrompant la phrase commencée.

Ce cri, incompréhensible à tout autre qu'à Julian, c'était son surnom de Farandole, jeté par le prince.

Deux fois encore on entendit :

— Farandole, à moi ! Au secours, Farandole !...

Puis, tout retomba dans le silence.

— On appelle au secours... j'y vais !

— Ne vous inquiétez pas pour si peu, dit tranquillement Francisco. Ces gens de rivière sont d'un naturel tapageur. Peut-être se sont-ils battus. Les disputes sont fréquentes à bord des trains de bois. Un coup de couteau est vite donné...

Tiens ! ajouta-t-il après avoir jeté un coup d'œil sur la rivière, les voici amarrés dans nos environs.

Ce n'était pas pour rassurer l'ami du grand vizir.

Sans répondre, il se jeta dans l'escalier, traversa le village en courant comme un fou et ne s'arrêta qu'une fois sous les arbres où il avait laissé Naïva le matin. Il n'était pas malaisé de reconnaître les traces d'un débarquement.

Mais c'est en vain que Julian appela le prince, Clair-de-lune, Kiki... Nul ne lui répondit, ni ne vint à son appel.

Quant au radeau, si loin que se porta son regard, il ne le lui fit point apercevoir.

Les lumières du village le guidèrent seules au retour.

Car il revint, ne voulant pas laisser sa mandoline ni abandonner son pauvre Mi-ré.

19

Il trouva tout le monde à table.

On le pria d'y prendre place, et, malgré qu'il eût le cœur plein de souci, il ne refusa point.

Même il dîna solidement, sachant qu'il aurait à fournir, d'ici au lever du jour, une marche longue et pénible.

Chacun retiré chez soi et endormi, Julian prit ses dispositions pour quitter sans bruit le village.

Il avait un guide ne pouvant lui faire défaut : l'Adda. Il suivit ses bords.

Et, tout en cheminant, il se demandait si les trains de bois étaient dans l'usage de marcher la nuit.

Le bon sens lui disait que non. Mais les mariniers, faisant souvent le voyage, pouvaient connaître assez les bas-fonds et les courants pour se risquer, peut-être...

Et alors... retrouverait-il jamais le pauvre Naïva?...

Il marchait depuis trois heures quand, à un tournant, la rivière lui apparut illuminée comme par le reflet d'un incendie.

Sans aucun doute, ce feu avait été allumé par les habitants du radeau.

Dans quel but ?...

Ne prévoyant que catastrophes, Julian s'ingéniait à deviner en présence de laquelle il serait tout à l'heure, quand il aborderait ces forbans.

Résolu à ne point abandonner un homme contre qui le malheur s'acharnait à ce point, il s'était promis de partager le sort du prince, quel qu'il fût.

Il s'avança donc bravement jusqu'à la petite crique où s'était rangé le radeau.

Ce devait être l'une des stations des trains de bois pendant la nuit, car d'énormes pieux, destinés à recevoir les amarres, bordaient la rive.

Un homme était assis devant le feu allumé, non sur le radeau même, comme l'avait d'abord cru Julian, mais à terre, au ras de l'eau.

Les montagnards restés à bord formaient un groupe compact dont le centre était invisible pour lui.

Mais une voix s'élevait qu'il lui sembla reconnaître.

Il s'arrêta.

Quand il fut certain de ne point s'abuser, il sortit de l'ombre et demanda au marinier préposé au feu :

— De quel droit avez-vous enlevé le prince Naïva? Car... j'écoute depuis un instant et je vois qu'il vous a révélé son nom.

L'homme leva la tête, et sans témoigner grande surprise :

— C'est à cause de toi que nous sommes amarrés là, je pense. Tu es bien Julian Fornerey qu'on appelle aussi Farandole.

— Oui.

Lestement le montagnard se mit debout, et, tournant le brasier, s'approcha de Julian, sa large main tendue.

LE MONTAGNARD TENDIT SA LARGE MAIN

Julian hésitait, ne s'expliquant pas ce geste amical.

S'il y répondit, ce fut par crainte d'irriter ce colosse.

Quand le marinier eut secoué cette main frêle d'adolescent et considéré la tête blonde, douce et hardie pourtant du jeune Français, il lui dit :

— Va retrouver ce pauvre prince que nous avons manqué d'envoyer dans l'autre monde, le prenant pour ce qu'il paraît... Vous êtes en sûreté avec nous. Ceux qui vous courent après n'ont qu'à venir, ils trouveront à qui parler. On se doit aide entre braves gens.

Le fils du luthier ne répondit pas. La voix, les mots, tout lui manquait.

Habitué depuis quelque temps à ne prévoir que des dangers, à trembler à chaque rencontre, il n'avait pensé, durant sa longue marche de nuit, qu'aux tribulations qui l'attendaient.

Et voilà qu'il était reçu à bras ouverts par des gaillards de force à mettre tout un régiment en déroute !

Il demeura un instant immobile, sa main dans celle du montagnard.

Puis, tout à coup, se dégageant, il lui jeta les bras autour du cou et l'embrassa sur les deux joues.

L'autre se laissa faire en riant.

— Vous n'avez pas oublié mon oiseau, au moins ?

Le montagnard rit de plus belle.

— Pas de danger ! Le prince a dit que tu serais capable de retourner le prendre. Il est là et ton chat aussi.

Ton chat ! ce qu'il a sorti ses griffes ! C'est même ce qui a un moment prolongé notre erreur. Il nous les appliquait si bien sur la figure, du fond de la poche qu'il habite, que nous pensions recevoir les marques d'un ours. Alors les coups de pleuvoir, tu comprends. Heureusement, comme nous tirions les couteaux, il a eu l'esprit de crier. C'est du prince que je parle. Mais il est roué de coups.

— Il n'arrivera pas vivant, murmura Farandole en songeant à tout ce qu'avait déjà enduré son ami...

Il sauta sur le radeau.

Et comme Mi-ré le précédait, on ne s'informa même pas.

Tous en chœur crièrent :

— Le voici, prince, le voici !

Vêtu d'un costume de marinier, la tête enveloppée de bandages et le bras en écharpe, le grand vizir du sultan Mongoulou se tenait couché sur un lit de fougères.

Julian se laissa tomber à genoux à côté de lui.

— Vous êtes blessé ? encore ! oh ! mon Dieu !

— Ce ne sera rien, cher petit, et nous voilà aux mains de braves gens. Sois tranquille, je serai sur pieds dans quelques jours.

— Dans quelques jours ?...

— Ah ! regarde-les ! Vois ces bras, ces torses... Et pense qu'ils croyaient taper sur un ours ! Mais ils se sont montrés ensuite pleins de bonté pour moi.

ILS PARVINRENT EN VUE DU PORT

Je leur ai tout raconté, hors que ma tête est mise à prix. Il ne faut tenter personne, murmura Naïva à l'oreille de Farandole.

Celui-ci approuva d'un signe de tête et s'assit à côté du prince.

Le radeau se remit en marche.

Les jours qui suivirent furent pour les deux voyageurs un véritable enchantement.

Malheureusement l'Adda se jette dans le Pô qui se jette lui-même dans l'Adriatique.

Les mariniers allaient vendre leurs bois de haute futaie à l'État de Venise...

En arrivant au fleuve, il fallut se séparer.

Le grand vizir était encore une fois guéri.

De plus, il était vêtu d'habits solides que ses bourreaux involontaires l'avaient forcé d'accepter.

Enfin, Julian possédait un écu.

Ils reprenaient donc leur voyage pédestre dans des conditions infiniment meilleures.

Ils étaient tranquilles même sur la route à suivre, car l'un des montagnards, qui avait fait une fois ce chemin en sa vie, put les renseigner.

— En remontant le cours du Pô, leur dit-il, vous rencontrerez une petite rivière qui s'y jette : la Trébie.

— Elle vous amènera jusqu'au col de Montebruno où elle prend sa source. Vous le franchirez et, en obliquant vers le nord, vous rencontrerez presque aussitôt, sur le versant opposé, le Bisagno qui tombe dans la Méditerranée, tout à côté de Gênes.

Ils côtoyèrent donc la Trébie sans jamais s'en écarter.

De quoi ils vécurent? Tantôt d'un métier, tantôt de l'autre.

Pendant les heures chaudes du jour, Julian fabriquait des corbeilles qu'on vendait au prochain village.

Cela lui permit de remplacer son chapeau.

Naïva pêchait, et ils échangeaient leur poisson contre des lazagnes ou de la polenta.

L'eau des sources les désaltérait.

Le grand vizir se croyait certain d'avoir à jamais dépisté les émissaires de Mongoulou, et Farandole, qui n'avait pas gardé souvenance de sa conversation avec Marévana à propos de son voyage, partageait la confiance de son ami.

Nulle part, du reste, leur présence ne causa la moindre surprise.

Des Zingari passaient dans la contrée depuis quelque temps.

Le type de Naïva ne s'écartant pas beaucoup du leur, on le supposa de ces tribus nomades. Ils parvinrent donc sans nouvelles aventures jusqu'au col de Montebruno.

La montagne à franchir, et la mer leur apparaîtrait.

Le versant occidental du col était parfois abrupt, mais le plus souvent couvert d'une végétation splendide.

Il leur fallait passer dans des buissons de myrtes et fouler des fleurs à chaque pas.

Si bien que Julian ne pouvait se tenir de s'extasier, et, deux ou trois fois, manqua de rouler au fond d'un précipice, parce que, au lieu de regarder son chemin, il s'amusait à fleurir son chapeau de ce qui charmait ses yeux.

Mais il oublia tout quand il eut la mer devant lui.

Elle avait été sa première amie, le théâtre de ses premiers ébats. Il l'adorait...

Elle s'étendait à ses pieds, calme, sommeillante, ses courtes vagues frangées d'argent, toute bleue au premier plan et d'une teinte pâlissante dans les lointains.

Julian la contemplait avec une admiration tendre. Il s'était découvert, et son cœur battait de joie.

Se tournant vers Naïva, il dit :

— Si vous saviez comme je l'aime ! Je me serais fait gondolier si je n'avais pas eu en France un héritage.

Le port de Gênes était à leur droite.

— Nous ne trouverons pas de navire, dit le prince après y avoir jeté un coup d'œil. Vois, il n'y a que des barques de pêche.

Farandole partit d'un éclat de rire cette fois.

Ce que l'éloignement faisait prendre au grand vizir pour des barques, c'étaient des galiotes, des galères, les bateaux importants de l'époque.

Il en compta onze qui reposaient sur leurs ancres au fond du port.

Sans s'accorder un instant de repos, ils commencèrent de descendre.

Mais la nuit les surprit à mi-côte.

Il faisait un temps très doux, le lieu n'était point isolé, car, sur tout le versant, jusqu'à la ville, des habitations de plaisance s'éparpillaient.

Les voyageurs résolurent donc d'attendre le jour sous les murs d'un palais dont les jardins, disposés en terrasses, descendaient jusqu'au chemin qu'ils avaient pris.

Naïva se glissa dans sa peau d'ours, étant devenu frileux par l'habitude de la revêtir, et Clair-de-lune vint lui tenir compagnie.

Après avoir suspendu la cage de son moineau à un arbre qui de la terrasse se penchait sur le chemin, Julian s'étendit auprès de son ami, et, son chien à ses pieds, s'endormit en souriant à la mer dont la voix berceuse lui parlait de Venise.

CHAPITRE X

Un concours de maîtres-queux

Julian fut tiré de son premier sommeil par une conversation qui avait lieu au-dessus de sa tête.

Encore que, depuis quelques jours, il fût moins préoccupé, il avait gardé des premiers incidents de son voyage l'habitude de prêter attention à tout.

Il y manqua d'autant moins dans le cas présent, que, tout d'abord, il crut ceux qui parlaient perchés sur l'arbre dont un rameau lui servait de toiture.

Or, la pensée va si vite qu'avant d'avoir compris un mot de l'entretien, le jeune homme s'était déjà dit que les honnêtes gens n'étant pas dans la coutume de se percher sur les arbres la nuit pour échanger leurs idées, il devait avoir affaire au Paolo de l'endroit.

Et il se demandait s'il ne devait pas crier au voleur, au risque de ce qu'il en pourrait advenir, quand il fit cette double découverte, que la conversation avait lieu en français et qu'elle se tenait non dessus, mais sous le mûrier qui partageait son ombre entre la terrasse et le chemin.

Ce que put également constater Farandole, c'est que les causeurs ne restaient point en place.

Néanmoins, comme ils se promenaient dans un espace assez restreint, qu'ils s'entretenaient à haute voix et que leurs éclats de rire troublaient seuls le silence de la nuit, le fils du luthier ne perdit pas un mot de leur conversation.

Elle présentait pour lui un intérêt tout particulier, il ne tarda pas de s'en convaincre.

Un des officiers, — ils étaient cinq, appartenant à la marine du roi de France, — racontait à leur hôte, grand seigneur génois et officier lui-même, l'accident survenu la veille à bord de leur galère.

En se penchant pour retirer une ligne de fond, le maître-queux avait passé par-dessus bord.

Et, comme il venait de déjeuner, l'asphyxie avait été immédiate. On n'avait repêché qu'un cadavre.

C'était un gros désastre.

Le marquis de Kersac, le commandant de *la Royale*, tenait énormément à la table.

Il était d'une humeur massacrante depuis l'accident.

Que serait-ce si ses officiers ne parvenaient pas à lui ramener un maître-queux passable ?

On avait interrogé tous les hommes du bord. Mais l'équipage avait été racolé sur les côtes de Bretagne, qui n'est pas le pays de la bonne chère.

Le commandant s'était alors adressé à la chiourme, promettant sa grâce à celui des rameurs qui pourrait remplir les fonctions de queux.

Deux s'étaient donnés pour capables de confectionner quelques plats.

On avait essayé leur talent et l'on s'était accordé à dire que le brouet spartiate devait être un régal, comparé à ces étranges préparations.

— Nous avons battu la ville toute la matinée, poursuivit l'officier qui avait narré le tragique événement. Nous n'avons pas obtenu d'un seul cuisinier qu'il embarquât sur *la Royale*.

La longueur du voyage et les dangers qu'il peut offrir les a tous amenés à refuser.

— C'est peu flatteur pour le courage des Génois, observa, non sans quelque dépit, le seigneur italien.

— Ils auraient sûrement consenti à vous suivre, répliqua courtoisement son interlocuteur, mais ils ne doivent rien au roi de France.

Farandole, jusque-là immobile, se leva, sortit de l'ombre et, se plantant au milieu du chemin, de façon qu'on pût le bien voir, dit gaiement :

— Je viens d'entendre que vous demandez un cuisinier, messires.

Ces mots, prononcés en français, attirèrent tout le monde au bord de la terrasse. L'un des officiers, voyant se détacher la silhouette de l'adolescent, demanda :

— Êtes-vous notre compatriote ?

— Je suis né en Italie, mais mes parents étaient Français, j'ai en France un petit bien et je m'en vais l'habiter.

Se tournant vers son hôte :

— Pourriez-vous nous faire amener ce jeune homme, dit le comte Hugues de Rinand, l'officier le plus élevé en grade.

Durant ce colloque, Naïva s'était réveillé.

— Je reviens... Espérez, murmura Julian.

Et il suivit le serviteur qui était descendu le chercher.

Les jardins, éclairés par des lanternes de couleur et par les vols de lucioles qui s'abattaient sur les arbustes, causèrent au pauvre Farandole un véritable éblouissement.

Dans le fond, le palais se dressait, tout blanc, son portique enguirlandé de feu.

C'était à se croire transporté dans quelque monde inconnu, pour le fils du luthier.

Toutefois, il se remit vite et se borna à dire, pour expliquer l'impression qui l'avait saisi :

— Comme c'est beau ! Je n'ai jamais rien vu de si beau même à Venise. Il est vrai que je ne suis pas entré chez le doge.

On sourit.

Sa physionomie intelligente et ouverte plaisait aux officiers français, ils se l'étaient dit d'un regard.

Hugues de Rinand commença de l'interroger. A cette question :

— Où as-tu appris à faire la cuisine ?

Il répondit :

— Mais chez nous ! Mon père était luthier et ne s'occupait d'autre chose que de fabriquer des instruments de musique.

Tout petit, j'aidais ma mère. J'ai appris d'elle quelques recettes dont je peux vous assurer que vous serez satisfaits.

— Et ces recettes sont ?

— Celle de la soupe aux choux, des matefins, de l'étuvée...

Le comte Hugues battit des mains.

— Mais c'est le menu que nous sert Huguette, la jolie fille du Cigalier !

Le nom de son humble domaine, tombant des lèvres de ce beau seigneur, laissa Julian stupéfait.

Il murmura :

— Vous connaissez le Cigalier ?

— Je partage avec sa belle propriétaire l'honneur d'avoir le duc de Bourgogne pour parrain.

Julian baissa la tête désappointé.

Ce Cigalier ne pouvait être le sien... Tout de même il aurait bien voulu questionner le comte de Rinand.

Mais celui-ci lui en imposait trop malgré son air affable.

— Et que sais-tu faire encore, mon garçon ? reprit l'officier.

— L'omelette au lard.

— Encore un plat d'Huguette.

— Les flamusses à la courge.

— Ah ! par exemple, c'est curieux ! j'en ai mangé chez elle l'an passé. Tu es bien un vrai Bourguignon. Eh ! palsambleu ! tu en as la tournure. Quel est ton nom ?

— Julian Fornerey.

Timidement il ajouta :

— Cette personne qui a les mêmes recettes que moi, savez-vous son nom de famille ?

— Lançon. Elle est la fille d'un archer du duc de Bourgogne, tué à la chasse en sauvant la vie à son maître, qui, sans ce dévouement, était décousu par un solitaire comme un simple limier.

Un enfant allait naître au pauvre Lançon. Monseigneur voulut en être le parrain : ce fut Huguette.

— Lançon... répétait en lui-même Julian.

Lançon... Serait-ce le nom de mon oncle ? Comment le savoir ? Mon père, en parlant de sa sœur, disait toujours Claudine.

Il releva la tête et reprit :

— Et sa mère, messire, vous savez son nom ? Je vous le demande parce que je pense que Huguette pourrait bien être ma cousine.

— Je n'en serais pas surpris, vous vous ressemblez. Je n'ai pas connu sa mère, morte depuis bien longtemps. Elle a trois frères, archers dans les régiments de Bourgogne. Elle habite seule sa maisonnette du Cigalier.

— Et les chênes, messire, fit Julian, sont-ils beaux ?

— Des chênes ? Je n'en ai pas vu un seul, mon garçon.

— Alors, dit le fils du luthier en soupirant, ce n'est pas ma cousine et ce n'est pas mon Cigalier ?

Mon Cigalier à moi, — car mon domaine porte ce nom, — possède un bois de chênes.

Il demeura tout attristé et silencieux après cette explication.

L'idée d'avoir une cousine lui souriait si fort que sa déception à ce propos lui faisait oublier le but de l'entretien.

Ce fut le comte de Rinand qui y revint le premier en déclarant :

— Tu me plais et ta cuisine aussi. Nous n'avons pas parlé des rôts, mais le premier venu, s'il a bonne volonté, peut les réussir, je pense.

— Oh! pour les rôts, ne soyez pas en peine, Mi-ré s'en chargera.

A Venise, tous les jours, il allait rendre au cuisinier du comte Montefieri, qui le gâtait beaucoup, le service de tourner la broche. Il y excelle.

— Qu'est-ce que Mi-ré?

— Mon chien. J'ai aussi un chat et un oiseau que j'emporte avec moi.

— Oh! pour le chat, qu'il soit le bienvenu, dirent d'une seule voix les cinq officiers français. Les rats viennent manger jusqu'à nos uniformes. Quant à l'oiseau...

— Un petit moineau, dans une toute petite cage, expliqua Farandole dont le cœur battait de crainte.

— Va encore pour l'oiseau; mais le chien, fit le comte de Rinand, il en faut faire ton deuil, mon garçon, le commandant les abhorre! Jamais il ne consentira à embarquer un chien.

Deux larmes roulèrent dans les yeux du jeune homme.

— Mon pauvre Mi-ré! Je ne peux cependant l'abandonner, messires! C'est un ami... Il est savant, il vous amusera...

— Nous, j'en suis sûr, mais pas le commandant. Or, le commandant est le maître, le maître absolu...

Julian n'insista pas. Il songeait au prince dont il n'avait pas parlé encore. C'était lui avant tout qu'il fallait faire accepter.

Quant au chien, on verrait plus tard. Il n'en disait pas son dernier mot.

Regardant le comte, puis successivement chacun des autres officiers, comme pour solliciter leur appui, il reprit :

— Enfin, messires, pour mon pauvre chien... il en sera ce que voudra le commandant. Mais j'ai avec moi quelqu'un... quelqu'un qui ne sera en sûreté qu'en France... un homme bien malheureux et qui ne le mérite pas. Oh! pour celui-là, c'est à prendre ou à laisser. Nous partons ensemble, ou je reste avec lui.

— Qui est-il? demanda le comte.

— Il vous le confiera sans doute. Moi, je n'ai aucun droit de révéler son secret.

Tout ce que je peux dire, c'est que son honneur, sa liberté, sa vie seront menacés tant qu'il ne sera pas à la cour de Bourgogne, auprès du duc son ami.

— Oh! oh! un ami de mon auguste parrain? Ce n'est pas le premier venu. Où dis-tu qu'il attend?

— Ici, au bas de cette terrasse.

Les cinq gentilshommes se levèrent d'un même élan. Leur hôte imita cet exemple.

Et tous descendirent retrouver le prince Naïva.

Celui-ci se nomma, déclina ses titres, et, en quelques mots, exposa sa situation.

Aussitôt, le seigneur génois lui offrit l'hospitalité ainsi qu'à son jeune compagnon de voyage.

Julian prit Mi-ré sur ses bras, comme un enfant, et le présentant aux marins français :

— Messires! je vous en supplie, intercédez pour lui!

— Nous le ferons sûrement, mais ce sera en pure perte.

— Eh bien, je le garderai, moi, ton chien, si on le refuse à bord, dit l'officier génois, et je te jure qu'il sera heureux.

— Aussi heureux qu'il pourra l'être loin de moi... Pauvre Mi-ré!... murmura Julian.

— Alors, mon enfant, conclut le comte Hugues, je te conseille de le laisser ici. La vue d'un chien gâterait ton affaire. Une fois à bord, tu plaideras toi-même sa cause.

Au soleil levant, les officiers français prirent congé de leur hôte.

Ils emmenaient avec eux Naïva, méconnaissable sous les habits somptueux que le seigneur génois l'avait prié de revêtir, et Julian qui, après avoir baisé cent fois la tête ébouriffée de son pauvre caniche, se retournait à chaque pas pour essayer de l'entrevoir encore...

Clair-de-lune et Kiki suivaient, portés cérémonieusement par un valet chargé aussi de la peau d'ours.

Lorsque le comte de Rinand présenta au marquis de Kersac le gentil cuisinier qu'il ramenait, il se vit très mal accueilli.

— Ce musicien? cet adolescent imberbe, devenir maître-queux à bord de *la Royale!*...

Le commandant, qui n'avait pas digéré son exécrable dîner de la veille et dont un accès de goutte avait encore aigri l'humeur, critiqua le choix de ses officiers, qu'il accabla de ses railleries.

Mais la conduite de Julian vis-à-vis du prince Naïva changea les disposi-

UN VALET PORTAIT KIKI ET CLAIR-DE-LUNE

tions du vieux gentilhomme. Et après avoir fait au grand vizir l'accueil que méritait son malheur, il dit à Farandole d'un ton presque aimable :

— Eh bien, fais-nous à déjeuner.

On avait rapporté de la ville les ingrédients nécessaires à la confection de la soupe aux choux, de l'étuvée, des flamusses à la courge.

Julian se mit à l'œuvre.

21

Le comte de Rinand l'avait engagé à ne parler du chien qu'une fois le repas servi et apprécié.

Le pauvre garçon suppliait la Madone d'envoyer à son aide tout ce que le paradis possédait de cuisiniers.

Il tremblait si fort de gâter quelque chose!

Au cours de la matinée, son protecteur vint lui rendre visite. Julian souleva les couvercles. Une délicieuse odeur s'échappait de la marmite où cuisait la *potée* de Bourgogne, et monta caresser jusqu'aux narines du commandant, sous le carrosse[1] où il se tenait avec le prince.

Le valet du marquis prit avec dédain la soupière d'argent que lui tendait Farandole.

Ce mets grossier lui semblait indigne de figurer sur la table d'un gentilhomme.

Il dut changer d'avis, car, cinq minutes plus tard, il revenait la soupière à la main, en disant :

— Messire de Kersac en réclame, et la table des officiers aussi.

Le plat de jambon et de petit lard, entourés d'une garniture de choux, de haricots et de navets, n'eut pas un succès moindre.

En voyant revenir le plat complètement vide, Julian sourit.

— Ah! mon pauvre Mi-ré, que mes matefins, mon étuvée et mes flamusses soient appréciés comme le reste et nous ne serons pas longtemps séparés...

Il en fut ainsi, et le rôt fut renvoyé comme trop banal après un tel menu.

Au sortir de table, le commandant fit appeler le jeune maître-queux.

Les officiers entouraient respectueusement leur chef. On était réuni à l'arrière sous la tente luxueuse qui servait d'habitation.

Julian jeta un regard plein d'éloquence au grand vizir et, sitôt les compliments reçus, présenta sa requête.

Il suppliait qu'on embarquât son chien. Mais, aussitôt, les sourcils du commandant se froncèrent violemment.

— Ça, non, mon garçon. Pas de chien à bord! C'est malpropre et c'est inutile. Tu as un chat et un oiseau, contente-toi de ces deux bêtes.

Et il tourna le dos, brusquement, pour couper court à une demande qu'il ne lui plaisait pas d'accueillir.

Naïva, puis les officiers, essayèrent quelques instances, mais le marquis

---

1. Tente d'étoffe montée sur des cerceaux de bois, où se trouvait, sur les galères, l'habitation des officiers.

de Kersac envoya promener ces derniers du ton le plus bourru, et sa courtoisie seule empêcha qu'il ne répondît pas mieux à son hôte.

Le comte de Rinand revint vers Farandole.

— Rien à faire, hélas! lui dit-il.

Presque aussitôt, l'ordre fut donné d'appareiller. Chacun se rendit à son

VOUS AURIEZ SA MORT SUR LA CONSCIENCE

poste et personne ne prit plus garde au pauvre Julian resté contre le bastin-
gage à contempler la ville où il laissait son chien.

Tout à coup, il aperçut une sorte de boule noire qui nageait vers le bâti-
ment. Et il reconnut Mi-ré!... Mi-ré qui, après s'être enfui de chez son nouveau
maître et avoir suivi Julian à la piste jusqu'au bord de la mer, venait de
l'apercevoir.

Farandole n'y tint pas. Sans se soucier ni de l'étiquette, ni de la discipline,
il se précipita vers le marquis de Kersac, et lui montrant le caniche :

— Messire commandant, c'est mon chien. Il m'a retrouvé. Je vous jure que j'en avais fait le sacrifice... Mais le repousser à présent?... Je ne peux pas... Je ne ferai pas ça. Le prince n'a plus besoin de moi. Nous deux ou rien, messire commandant!

— Va au diable! hurla le commandant exaspéré.

Julian fit le signe de la croix et se jeta à l'eau.

— Un homme à la mer!

C'est de Rinand qui lançait ce cri d'appel, afin qu'on mît en œuvre les moyens de sauvetage usités en pareil cas. Le marquis de Kersac jurait comme un païen.

Et dans sa rage qu'on eût osé le braver, il donnait le signal de lever l'ancre.

— Vous aurez sa mort sur la conscience, mon commandant, dit le comte Hugues qui avait parfois son franc parler avec ce terrible homme.

Celui-ci jeta un coup d'œil du côté de Julian et le montra au jeune officier d'un geste ironique.

Il nageait comme un requin!

Il venait de joindre son chien et ces deux êtres, homme et bête, s'embrassaient, oui! oui! s'embrassaient comme deux amis!

Soudain, le commandant se mit à jurer de plus belle.

Ils revenaient vers son bateau.

— C'est qu'il prétend me l'amener?

Julian nageait avec une rapidité surprenante... Sur un signe du comte, la chiourme ralentissait...

Et tout à coup, le jeune homme saisit l'un des cordages qu'on lui avait lancés, s'y cramponna, en passa le bout dans le collier de son chien et, plus leste qu'un mousse, grimpa à bord avec Mi-ré.

Puis, sans songer à la crainte ni à rien, sans prendre garde aux belles draperies en damas rouge à crépines d'or du carrosse :

— Messire commandant! messire commandant, le voilà! Allez-vous le jeter à l'eau une seconde fois?

Mi-ré, mets-toi à genoux devant le commandant!

Et il s'y mettait lui-même, et le chien l'imitait...

— Mi-ré, compte jusqu'à sept! Mi-ré, fais le mort!

Et Mi-ré comptait... Mi-ré faisait le mort...

— Et maintenant, Mi-ré, danse!

Et, ruisselant d'eau, le visage ruisselant de larmes, la gorge pleine de sanglots, il courait décrocher sa mandoline et jouait un rigodon que Mi-ré dansait en secouant sa toison mouillée.

— Je ne suis pas un Turc, à la fin, gronda le commandant, furieux de se sentir les yeux humides. Garde ton chien, tête de mule !

Julian retomba à genoux en sanglotant, prit son pauvre toutou à pleins bras et resta ainsi jusqu'à ce que son cœur, étouffé de chagrin depuis la veille, se fût enfin dégonflé.

CHAPITRE XI

Le devoir avant tout

Enfin, le prince Naïva et son jeune ami allaient jouir de quelque tranquillité.

Ils y pouvaient à peine croire.

Dans les regards qu'ils échangaient, parfois, il y avait comme un étonnement de ne point avoir à trembler, à fuir, à endurer encore la faim, la soif, toutes les misères, toutes les angoisses par lesquelles ils avaient passé.

L'Oriental se laissait vivre avec la nonchalance propre à sa race.

Et pourtant son front devenait sombre par moments, et au milieu de la conversation la plus animée, il lui arrivait de tomber dans un silence morne ; on le sentait absent.

C'est que le souvenir de la princesse Aldamès, et celui de ses fils, surgissait du fond de son être, et qu'alors son cœur se serrait, oppressé d'une écrasante inquiétude.

Tant qu'il avait dû lutter heure par heure contre la mauvaise fortune, il n'avait guère pu réfléchir.

Le moment présent absorbait toutes ses forces vives.

Mais aujourd'hui que la vie calme et monotone du bord lui en laissait le loisir, il repassait le long temps écoulé et se demandait ce qu'étaient devenus ses bien-aimés, durant ces dix-huit mois.

Car il y avait dix-huit mois qu'il était sorti de Karakorum.

Qui sait où la haine de ses ennemis s'était arrêtée ?

Et, s'ils avaient révélé à Mongoulou l'existence de la princesse et de ses enfants, un sentiment de pitié ou de justice avait-il retenu le Grand Seigneur de faire expier à ces innocents son crime imaginaire ?...

Ah! s'il eût été instruit du sort de Mégiars! s'il avait pu croire cette protection vaillante et fidèle assurée aux siens!

Et quand même il devrait les retrouver vivants, ces êtres chéris pour lesquels il avait accepté tant de souffrances, combien d'années s'écouleraient avant qu'il ne les revît!...

Julian devinait ces pensées.

C'est toujours au moment où il voyait le prince, dont chacun respectait la tristesse, appuyé seul à la galerie ajourée de l'arrière, ou arpenter lentement la coursie, qu'il tâchait de le joindre.

— Vous demanderez au duc de Bourgogne une escorte de vingt hommes, lui dit-il un jour; vous me donnerez qualité de héraut, et j'irai à leur tête porter de vos nouvelles à la princesse Aldamès. Qui sait? je la ramènerai peut-être. C'est loin, la Mongolie?

— Si loin que le soin de mon honneur a seul pu me décider à faire tant de chemin.

— Le désir de vous voir heureux suffira pour que je m'y rende très volontiers. Je suis jeune et je suis seul au monde...

— Brave petit cœur, pensait le prince, quand, après quelques mots ayant presque toujours trait au même sujet, Farandole courait surveiller ses casseroles.

Car il était bien l'homme le plus occupé de la galère.

Un de ses grands soucis était de varier ses menus. Et comme il y mettait de l'adresse, du soin et toute son intelligence, ses tentatives réussissaient presque toujours.

Ils naviguaient depuis deux semaines.

Les bateaux marchaient lentement, au moyen âge. La marine du roi était composée en grande partie de lourds bâtiments de commerce destinés au cabotage et que, dans les circonstances pressantes, on aménageait et armait en navires de guerre.

La *Royale* était dans ce cas.

C'était une belle trirème, bien construite pour l'époque et marchant, comme toutes les galères, partie à la voile, partie à la rame.

Elle avait déjà fait plusieurs voyages et essuyé, sans trop d'avaries, plus d'un gros temps.

Les bourrasques qui s'élevaient assez souvent depuis quelques jours n'inquiétaient donc personne.

On était alors en vue de la Corse. Le commandant de Kersac ayant pour mission le relevage des côtes, on avait fait escale un peu partout.

Mais qu'importait à Julian et au prince Naïva? Deux ou trois semaines de

JULIAN VINT SUR LE PONT

retard n'étaient pas une bien grande affaire. La joie d'avoir échappé à leurs ennemis les rendait patients sur la lenteur de la traversée.

La *Royale* était parvenue avec une mer passable jusqu'en face des îles d'Or[1], quand un grain chargé de pluie fondit sur elle.

Mais on l'avait vu venir... Les voiles étaient serrées et la galère parée pour lui tenir tête.

Cette fois encore elle résisterait sans subir d'avaries.

Il n'en alla pas de même d'une pauvre galiote de commerce, alors en vue.

1. Iles d'Hyères.

Au premier coup de vent, elle eut son grand mât cassé.

Roulée par les lames, prise par le travers, elle fut jetée sur un écueil à fleur d'eau où elle se fendit.

Elle coula en quelques minutes et bientôt la mer se couvrit d'épaves.

L'équipage de la *Royale* suivait anxieusement les phases du naufrage. A tout hasard, et bien que l'équipage de la galiote semblât perdu en entier, on avait paré le canot et lancé des cordes, des engins de sauvetage.

Julian n'avait pas quitté ses fourneaux, car aucun mauvais temps n'interrompt l'ordre des repas à bord, tant que le navire n'est pas en danger.

Mais, ayant besoin de Mi-ré pour tourner la broche, il vint le chercher et regarda, comme tout le monde, un instant.

Soudain un appel retentit, si proche, que celui qui l'avait jeté devait être dans le sillage du bateau.

Julian bondit à l'arrière et il entrevit cinq hommes qui, accrochés à un débris de mât, luttaient désespérément.

En deux secondes, il se fut dévêtu. Et avant que personne pût prévoir ce qu'il voulait tenter, il sautait par-dessus bord.

Au cri poussé d'en haut par les officiers et l'équipage, il répondit en riant, sitôt revenu à la surface :

— Ça me connaît...

Mi-ré crut-il avoir reçu un ordre de son maître, obéit-il à une inspiration personnelle ?

Qui pourrait dire ce qui se passa dans cette bonne tête de caniche ?

Ce qu'il y a de certain, c'est qu'une minute plus tard il nageait à côté de Farandole.

La pluie avait cessé, mais la mer était démontée. Le canot pourrait-il résister à la lame ? N'importe, il fut lancé aussitôt.

Les deux nageurs, le chien et l'homme, avaient fait du chemin. Espérant du secours, les naufragés luttaient de tout leur courage.

Julian tourna la tête vers la galère, aperçut le canot :

— Tenez encore une minute et vous êtes sauvés ! cria-t-il.

Une lame passa... Il crut les malheureux engloutis... Mais non ! ils se cramponnaient encore au bout du mât qui les soutenait.

Enfin Julian les rejoignit.

Allant au plus fatigué, il le montra à son chien en disant :

— Apporte !

Et docilement, le chien saisit l'homme par un bras. Il était temps ! ses mains desserrées lâchaient l'épave.

— Cessez de nager, commanda Farandole aux quatre autres. Il ne s'agit plus que d'attendre le canot.

LES MALHEUREUX SE CRAMPONNAIENT

Le canot !... Il avançait, mais lentement, repoussé, détourné de sa route à chaque instant par la lame.

Julian frémit.

Pourrait-il amener jusqu'à lui ces gens exténués, plus qu'à demi morts ?

Il les regarda...

Et un cri de colère sortit de sa poitrine.

Les deux plus rapprochés de lui étaient Ingassou et Norr !

L'idée lui vint d'examiner celui qu'il avait confié à son chien : il reconnut Paolo !

Une épouvantable pensée lui traversa aussitôt l'esprit, une pensée qui décupla ses forces, lui fit en quelques secondes atteindre Mi-ré et crier :

— Donne !...

Tandis que son bras, à lui, se soulevait menaçant.

Mais alors que son poing était près de s'abattre sur le crâne des deux moribonds, le chien leva la tête.

Ce mot « donne », qui était l'ordre, pour lui, de lâcher ce qu'il tenait, il ne le comprenait pas, à cette heure.

Son regard exprimait tant de surprise, tant de blâme, que Julian se tut, laissa retomber son bras et reprit sa lutte avec la mer furieuse.

Un quart d'heure plus tard, le canot ramenait à bord les cinq naufragés.

Ils étaient évanouis.

Julian les contemplait en s'arrachant les cheveux.

En sautant sur le pont de la *Royale*, tandis qu'on hissait à grand'peine ces corps inertes, sans même prendre le temps de serrer les mains qui se tendaient vers lui, sifflant Mi-ré, il marcha droit au commandant.

Et le lui montrant :

— J'étais un assassin s'il n'eût été là... Dire que c'est un chien qui m'a enseigné mon devoir ! Il n'y a pas de petits moyens pour le bon Dieu ! Mais faut-il bien que ce devoir, ce soit d'avoir sauvé les ennemis du prince !

Et il confessa l'horrible tentation à laquelle il avait failli céder.

Le marquis de Kersac apaisa ses remords et ses craintes.

Il fut convenu que ni le grand vizir, ni Farandole, ni Mi-ré ne se laisseraient voir tant qu'on n'aurait pas débarrassé la galère des deux Mongols et de leur digne acolyte.

Des boissons chaudes, des vêtements secs et enfin, plus tard, un repas solide avaient remis sur pied les naufragés.

On les interrogea.

Deux étaient de pauvres marchands que la tempête ruinait et qui se désolaient d'être en vie, alors que leur fortune était au fond de l'eau.

Ceux-là ne firent nulle difficulté de conter leurs affaires.

Mais les trois autres refusèrent de se nommer et de donner, sur le but de leur voyage, aucune explication.

Ils étaient sur leurs gardes.

Norr croyait avoir reconnu dans leur sauveur le jeune vannier de Montebianca.

Paolo, dont rien n'arrêtait l'audace et qui préférait un danger certain à une situation équivoque, le réclama, pour le remercier.

Par ordre du commandant, il lui fut répondu que ce matelot était malade.

— Alors il fait partie de l'équipage ? interrogea le bandit.

— A moins qu'il ne soit tombé du ciel tout exprès, je ne vois pas d'où il aurait pu sortir, fit railleusement le marin chargé de lui répondre, et qui avait sa leçon faite.

C'était possible après tout.

La plupart des gens qui les entouraient étaient blonds comme Farandole.

Le commandant prêtait l'oreille à ce colloque en arpentant rageusement le pont.

Il se trouvait dans un grand embarras.

Garder ces misérables à son bord ?... il eût mieux aimé les rejeter à l'eau. Leur place eût été parmi la chiourme... mais elle se trouvait au complet.

Risquer la vie de ses hommes pour les envoyer à terre, cela lui coûtait beaucoup... Les faire pendre... il y songea.

Mais ils n'étaient pas sujets du roi de France et lui n'était pas l'exécuteur du sultan Mongoulou...

Toute la nuit, la galère louvoya pour demeurer en vue des îles.

Les naufragés avaient été parqués à l'avant. Une consigne sévère interdisait de leur adresser la parole depuis qu'ils n'avaient plus besoin de soins.

Vers le matin, il y eut une embellie. Aussitôt, l'ordre fut donné de parer le canot.

On y fit descendre les trois naufragés qui avaient refusé de se nommer.

Et on les déposa sur la plus proche des îles d'Or, sans leur adresser la parole ni leur répondre.

Les deux marchands furent gardés à bord de la galère et le commandant leur fit annoncer qu'ils seraient rapatriés.

Mais ils n'en furent informés qu'après le départ de leurs compagnons d'infortune.

Comme ils s'étonnaient de cette différence de traitement, le marquis de Kersac finit par leur dire :

— Vous étiez, mes maîtres, en pauvre compagnie.

Ils n'en surent pas davantage.

CHAPITRE XII

La filleule du duc de Bourgogne

Les deux Mongols et le bandit n'éprouvèrent nulle surprise d'avoir été traités avec si peu de façons.

Leur refus de décliner leurs noms expliquait pour eux cette mesure.

Et leurs soupçons, que Julian fût à bord de la *Royale*, étaient tombés devant ce fait qu'avec ou sans courtoisie on respectait leur liberté.

Ils reprirent donc leurs projets interrompus par leur naufrage.

Et d'autant mieux qu'ils étaient aussi riches qu'avant.

Le reste des perles et des pierres fines que le sultan leur avait fait remettre à leur départ de Karakorum, afin que rien n'entravât leur mission, était enfermé dans une ceinture dont, même en péril de mort, ils ne s'étaient point résignés à faire le sacrifice.

Ils se félicitaient l'un l'autre d'avoir gardé leurs richesses, à cette heure qu'ils se voyaient pleins de vie !

Un seul regret empoisonnait leur joie : celui que Paolo n'eût pas trouvé la mort dans cette aventure.

Ne leur étant plus d'aucune utilité, il les gênait et, en outre, il leur rappelait sans cesse la nécessité où ils seraient un jour de partager avec lui la fortune que leur rapporterait la prise du grand vizir.

Paolo, qui n'était pas un sot, devinait leurs pensées. Mais il s'en souciait peu.

Lui aussi avait un plan, que les deux misérables servaient sans le savoir.

Pour le moment, il cherchait passage sur quelqu'une des barques ou des galiotes que la bourrasque avait forcées de s'abriter dans une crique de l'île.

Et à la fin, il découvrit un pêcheur qui consentit à les conduire tous les trois à Marseille ; mais non pas tant que la mer serait mauvaise...

Il leur fallut attendre un jour et une nuit.

Une fois en France, persuadés d'y avoir devancé Naïva, ils résolurent de prendre quelque repos avant de poursuivre leur marche vers le duché de Bourgogne.

Norr surtout était brisé de fatigue. Le lendemain de leur arrivée dans la ville, Ingassou et Paolo se promenaient sur le port quand ils virent venir en sens inverse les deux marchands qui avaient fait naufrage avec eux.

Ils les abordèrent aussitôt, et après les avoir complimentés sur leur retour dans leur patrie, ils les questionnèrent sur la *Royale* et sur son équipage.

Ne prévoyant pas cette rencontre, ni le commandant ni le prince n'avaient songé à demander le secret aux deux marchands.

Ceux-ci apprirent donc à leurs interlocuteurs que leur sauveur à tous était un jeune Français qu'on nommait indifféremment Julian ou Farandole, et que la *Royale* avait à son bord un prince de leur nation.

— Le jeune homme a un chien ? fit Paolo.

— Oui.

— Vous prétendiez que j'avais rêvé, dit-il en se tournant vers Ingassou. Avant de m'évanouir, il me semblait bien avoir aperçu la tête embroussaillée d'un caniche !

— Ceci importe peu, répliqua Ingassou. Ce qui me cause un vrai regret, c'est d'avoir manqué mon cousin. Car ce prince mongol ne peut être que Naïva.

— C'est le nom qu'on lui donne, en effet, repartit l'un des Marseillais.

— Et nous qui sommes à sa recherche pour lui apprendre les plus heureuses nouvelles !

L'imposteur parlait avec une telle assurance que les marchands se laissèrent prendre au piège et révélèrent ce que le hasard de la conversation entendue leur avait appris ; à savoir, que le prince et son jeune ami débarqueraient au Grau du Roi, près Aigues-Mortes, et remonteraient par eau jusqu'à la hauteur de Dijon.

Puis se rappelant soudain l'opinion du marquis de Kersac sur ces étrangers, les marchands, pris d'une défiance tardive, prétextèrent d'affaires pressantes et s'enfuirent, sans manifester le désir de voir se renouveler cet entretien.

Mais les ennemis de Naïva s'en souciaient peu désormais.

Ils décidèrent de partir sur-le-champ et de doubler les étapes afin de précéder le grand vizir en Bourgogne.

Ils iraient l'attendre sur les bords de la rivière et le tueraient quand il

IL LUI FUT RÉPONDU QUE MONSEIGNEUR CHASSAIT

23

quitterait son bateau. Car, de s'en emparer vivant, il n'y fallait pas compter.

S'étant pourvus de montures, ils se mirent en route, certains que, cette fois, rien n'entraverait leur plan.

Mais s'ils pensaient endormir la vigilance de Farandole, ils se trompaient.

— Tant que vous ne serez pas dans le palais de votre ami le duc de Bourgogne, ne vous croyez pas sauf, avait-il déclaré au grand vizir. Vos ennemis ne sont pas morts, donc ils sont à craindre.

Et, si grande était la confiance du prince Naïva en l'intelligence, le courage, l'adresse de Julian, qu'il avait répondu :

— Je m'en remets à toi. Prends telles précautions que tu jugeras nécessaires.

Le marquis de Kersac avait largement pourvu aux frais que devait nécessiter la dernière partie de leur voyage.

Il avaient loué une barque à six avirons, où Julian avait fait disposer une tente pour le prince.

Lui, cumulait le grade de capitaine avec les fonctions de pilote.

Et ils remontèrent le Rhône, puis la Saône, à petites journées.

La peau d'ours servait de tapis, et, après tant de misères de toute sorte, chien, chat, moineau et gens se laissaient vivre avec béatitude.

Ils étaient en vue de Chalon-sur-Saône dans les derniers jours de septembre.

De l'avis de Julian, les deux amis prirent leurs dispositions pour se séparer.

Tandis que le prince se mettait en quête d'une feuille de parchemin et rédigeait un message pour son ami Hugues de Bourgogne, Julian courait les tailleurs, les marchands drapiers et les maquignons.

Il s'agissait de représenter dignement le grand vizir, dont il allait être l'ambassadeur.

Il choisit un haut-de-chausses de couleur marron, un justaucorps en fin drap bleu relevé par des rubans orange et par une collerette en dentelle, un chapeau orné d'une plume de héron, et enfin pour porter tant de magnificences et sa personne, un bon cheval de race charolaise.

Mi-ré accompagnait son maître.

Kiki et Clair-de-lune restaient confiés aux soins du prince Naïva.

Il demeura entendu que ce dernier achèverait par eau son voyage et que Farandole irait le recevoir dans les environs d'Auxonne avec l'escorte fournie par monseigneur Hugues.

La mine avenante du jeune messager lui attirait partout gracieux accueil.

Il dîna à Chagny, soupa et coucha à Beaune, et le lendemain, avant qu'il fût midi, il faisait son entrée dans la capitale du duché de Bourgogne.

Mais, quand il demanda à parler au duc, il lui fut répondu que monseigneur chassait.

— C'est que mon message ne souffre aucun retard, observa-t-il à l'archer qui l'avait renseigné.

— En ce cas, sortez de la ville et allez à la recherche de monseigneur, car vous pourriez l'attendre jusqu'à demain.

Il lui arrive de coucher en quelqu'une de ses seigneuries, et je ne saurais vous dire ce qu'il en sera cette nuit.

Julian tourna bride aussitôt et suivit le chemin que lui avait indiqué l'archer.

A chaque passant, il s'informait du duc et de ses équipages.

Si bien qu'à la fin il se trouva quelqu'un pour lui en donner des nouvelles.

Il avait fait près de trois lieues quand il rencontra la personne qui devait le tirer de peine.

C'était une jolie fille, toute jeune, à peine seize ans, blonde, des yeux aussi bleus qu'un ciel d'été, des cheveux dorés comme un rayon de soleil.

Ses vêtements, composés d'une cotte et d'un casaquin en droguet gris, d'un devantier rouge, d'un fichu et d'une coiffe de linon, révélaient sa condition modeste.

Elle cheminait assise sur une ânesse de haute taille et chantait pour charmer la longueur du chemin.

Elle ne parut nullement intimidée lorsque Julian, l'ayant saluée avec respect, lui adressa la parole pour savoir si ce ne serait pas dans cette partie du pays que le duc chassait. Et il expliqua de quelle importance il était qu'il le joignît au plus tôt.

— Vous ne pouviez mieux tomber. Vous n'avez qu'à me suivre, vous verrez monseigneur avant le coucher du soleil, car il soupe ce soir en ma maison.

Elle dit cela comme une chose tout ordinaire et qui ne devait surprendre personne.

Julian accepta la proposition, et ils se mirent à chevaucher de compagnie.

Ils demeurèrent un instant silencieux : ils s'observaient à la dérobée...

Puis tout d'un coup, s'étant franchement regardés, ils se prirent à sourire tous les deux en même temps, comme s'ils eussent ressenti un grand contentement de se voir.

Et la jolie fille questionna son voisin.

Farandole raconta son histoire et même une partie de ses aventures de voyage, lesquelles arrachèrent à la jeune Bourguignonne des exclamations singulièrement flatteuses pour l'amour-propre du narrateur.

Mais après qu'il eut fini, Julian ayant omis de lui dire son nom et le lieu où il se rendait, elle s'informa :

— Comment est-ce qu'on vous appelle ?

— Julian Fornerey.

— Tiens ! pardine ! vous êtes mon cousin. Je m'en croyais presque sûre, en vous écoutant. Il n'y a pas beaucoup de Bourguignons qui s'en soient allés, comme votre père, se faire luthiers à Venise.

Vivement, un rayonnement dans les yeux, Julian arrêta son cheval, et, se penchant vers la jeune fille :

— Puisque vous êtes ma cousine, donnez-moi vos deux joues, que je vous embrasse.

Elle ne fit nulle façon de consentir, et même elle rendit au jeune homme deux bons baisers en échange des siens.

La parenté ainsi reconnue de part et d'autre, il demanda :

— Vous avez votre père et votre mère ?

— Non, ils sont défunts tous les deux; mais j'ai trois frères, Anselme, Grégoire et Landry.

— Que font-ils ?

— Ils sont archers dans le régiment de mon parrain, monseigneur le duc de Bourgogne.

— Votre parrain ! s'écria Julian. Vous vous nommez donc Huguette ? C'est vous qui habitez le Cigalier ?

— Mais oui... Qui vous a si bien renseigné, mon cousin ?

— Le comte de Rinand... Et... vous y êtes chez vous, au Cigalier ? demanda Farandole avec quelque embarras.

Le regard surpris de Huguette acheva de le troubler.

Elle répondit gaiement :

— Oui, j'y suis chez moi. Ma mère l'habitait quand mon père est mort ; j'y suis née et aucun de mes frères ne m'en a jamais disputé la possession.

Julian pensa à part lui :

— Et pas davantage ne vous la disputerai, ma mignonne cousine.

Et désormais il se tint sur ses gardes, veilla sur ses moindres paroles, se réjouissant de n'avoir rien dit de trop avant sa découverte. Ce fut elle qui reprit :

— Pourquoi me demandez-vous ça ?

— Pour savoir si la maison où est né mon père appartient encore à quelqu'un de la famille.

— Vous voilà donc satisfait sur ce point.

— Je voudrais bien encore que vous me disiez si les chênes sont beaux. Je m'y intéresse, parce que c'est mon père qui les a plantés.

— Il n'y a plus de chênes. Ils venaient mal, n'ayant pas été soignés tout petits. Mon parrain les a fait arracher et remplacer par une vigne qui donne le meilleur vin du pays.

Farandole songea :

— Le comte de Rinand avait bien vu... Allons, faisons notre deuil de ce pauvre Cigalier...

— Mais où donc est situé votre héritage à vous, mon cousin ? demanda Huguette. Je n'en ai jamais ouï parler par aucun de mes frères. Il vient sans doute à mon oncle de notre grand'mère qui était native de Beaune. C'est par là que vous aurez à vous informer. Comment appelez-vous l'endroit ?

— Comment je l'appelle ? fit Julian, cherchant une réponse, vous allez vous moquer de moi si je vous dis que je n'en sais rien... Mais remarquez que mon père, de crainte, sans doute, que je ne le tourmente pour venir en France, ne m'a jamais parlé de rien avant le jour de sa mort.

Les voleurs m'ayant dépouillé presque tout de suite que je fus en route, il n'est pas étonnant que ce nom entendu deux fois... je ne m'en souviens plus...

— Alors, comment espérez-vous découvrir ce qui vous appartient ?

— Je n'ai guère eu le temps d'y songer, tout occupé que j'étais de veiller sur ce pauvre prince dont le bon Dieu semble m'avoir donné la garde, puisqu'il l'a mis sur mon chemin.

Huguette réfléchissait.

Elle finit par s'écrier :

— Bah ! ne nous tracassons pas à ce propos. Mes frères seront mieux renseignés que vous et moi, je le parie, et vous conduiront tout droit chez vous.

Elle le considéra d'un air attendri :

— Si ma mère était donc encore de ce monde ! Elle qui parlait sans cesse de son frère ! Elle le croyait mort, n'en ayant plus eu de nouvelles.

Ce sont mes frères qui vont être surpris ! Surpris et contents... Mais pas

HUGUETTE FIT LES HONNEURS DE LA MAISON

plus que moi, mon cousin. Je ne peux pas vous dire le plaisir que ça me fait de vous connaître.

Il secoua la tête.

— Votre joie ne saurait approcher de la mienne. Songez qu'hier je n'étais pas certain qu'il y eût par le monde un seul être du même sang que moi.

Et me voilà aujourd'hui avec trois vaillants archers pour cousins, et, pour cousine... la plus gente signorina de tout le pays bourguignon, fit-il, mêlant l'italien auquel ses lèvres étaient accoutumées avec la langue paternelle qui lui était si douce à prononcer.

Huguette eut un joli rire un peu moqueur.

— Merci du compliment... Je le prends pour ce qu'il vaut, car je sais qu'il faudra en rabattre... Si vous croyez que le duché manque de jolies filles !

Par ici, mon cousin. Tournez à droite, s'il vous plaît.

Ils s'engagèrent dans un chemin creux bordé de noisetiers autour desquels s'enroulaient de grands liserons blancs. A droite et à gauche, les champs étaient plantés de vigne. Le chemin montait beaucoup et bornait la vue devant eux.

Il les amena, au bout de quelques minutes, en face d'une barrière large et basse.

Et Huguette, étendant la main vers une maison qui se dressait au milieu de l'enclos, dit à Julian :

— Voilà le Cigalier.

Le fils du pauvre Jean-Louis sentit le cœur lui battre très fort et ses yeux s'emplir de larmes.

Son sacrifice était fait... Mais que c'était dur, tout de même, de toucher au but et d'y renoncer pour toujours !

Suivant l'exemple de la jeune fille, qui avait déjà sauté à bas de sa monture, il mit pied à terre et passa la bride de son cheval à son bras.

La barrière ouverte, ils suivirent une allée, de chaque côté de laquelle était plantée une vigne chargée, en ce moment, de raisins mûrs.

Et au delà, Farandole entrevit le champ où paissaient une vache et deux chèvres, sous la garde d'un chien.

Ah ! que la maison était jolie, tout habillée de pampres et coiffée d'iris bleus ! De chaque côté de la façade, deux tonnelles s'allongeaient encadrant un jardinet fleuri de rosiers, de mufliers, de soleils et de marjolaines.

Le banc taillé par le grand-père, dans la souche des vieux chênes, avait

24

résisté au temps et s'appuyait au mur, à droite de la porte, ainsi que le luthier l'avait vu dans son enfance...

Huguette conduisit le jeune homme vers l'écurie située derrière la maison, au bout du potager.

Le cheval de Julian prit place à côté de l'ânesse, et tous deux se mirent à mordre au même bottillon, comme s'ils eussent été de vieilles connaissances.

Rassurés sur la cordialité de leurs rapports, les jeunes gens revinrent alors vers la maison.

Et Huguette en fit les honneurs au nouveau venu.

Elle se composait de quatre pièces.

Une vaste cuisine, sur laquelle ouvraient, à droite, une chambre richement meublée et, à gauche, deux chambres plus petites, celle de la jeune fille et celle de ses frères.

La moitié de la maison, comprenant la chambre neuve, avait été construite récemment par le duc, expliqua Huguette.

Car il appréciait si fort sa cuisine, qu'à la saison des chasses, il lui arrivait quelquefois de venir souper chez elle.

Tout en écoutant le babillage de sa cousine et en la suivant pas à pas, Julian songeait à l'époque où son père allait et venait par la maison, comme eux en ce moment.

Il s'était chauffé, tout petit, sous le vaste manteau de la vieille cheminée au baldaquin de serge brune.

Le bahut de chêne noir et le vaisselier qui s'adossaient au mur de la cuisine, il s'en était servi, il les avait ouverts et fermés bien des fois...

La table portait nombre d'entailles. Qui sait combien le couteau du pauvre Jean-Louis en avait creusé ?

Il semblait à Julian que son père ne reposait pas tout entier dans le cimetière de Venise. Quelque chose de lui avait dû rester dans ce logis déserté si tôt.

Et sa pensée évoquait, non point le pauvre être brisé par les déceptions et la misère, non pas même l'adolescent qui vivait d'illusions et soupirait après l'heure où il s'en irait par le monde à la conquête de ses rêves...

Celui qu'il voyait, c'était ce petit Jean-Louis qui réclamait de l'ombre... celui qui plantait les chênes...

--- A quoi songez-vous, mon cousin ? demanda Huguette alors occupée à dresser deux couverts sur un coin de la table.

Elle avait servi du beurre, des œufs frais, des raisins et des pêches.

Avait-il faim ? Il ne le savait plus... Mais il ne tarda point d'être fixé.

Au bout de dix minutes, tous les plats étaient vides ! Et son estomac criait famine comme à la première bouchée.

Et Huguette de rire et de courir au poulailler, à la laiterie, au cep, renouveler ses provisions.

Quand ce féroce appétit fut enfin satisfait, la jeune fille proposa :

— Si vous n'êtes pas trop las, mon cousin, vous seriez bien gentil de m'aider un peu. Mon parrain a envoyé ce matin une hure et un pâté de venaison. Il ne me reste à préparer que la soupe aux choux, les matefins, l'étuvée et les flamusses à la courge. C'est l'affaire d'un moment.

Julian partit d'un éclat de rire.

— Ce sont décidément des recettes de famille !

Et, à bâtons rompus, taisant ce qu'il ne voulait point faire connaître, il conta sa première entrevue avec Hugues de Rinand et ses premiers essais en qualité de maître-queux, à bord de *la Royale*.

Cela ne l'empêchait pas de couper le poisson, de battre les œufs, de tailler menu la chair dorée d'une courge...

— Voilà qui est fini ! Ce que c'est que de se mettre à deux pour faire la besogne ! s'écria Huguette ravie. Si je vous avais donc toujours !

Au fait, pourquoi ne resteriez-vous pas au Cigalier ? Si vous ne découvrez pas votre héritage, c'est juste ce qu'il faudra faire.

— Y pensez-vous, cousine ? Vous donner un tel embarras ! Je n'y consentirai jamais. J'ai un chien... Mais... où est-il donc passé ?

Et le regard étonné de Farandole cherchait autour de lui...

— Votre chien ? Il est allé faire une visite à ma petite Olivette : voyez-les qui jouent tout en gardant mes chèvres et ma vache, là-bas, dans le champ. Un bel embarras, en vérité !

— Si je n'avais qu'un chien... Mais je possède un chat.

— Un chat ! Eh ! c'est un trésor ! Depuis que son frère a péri, Jaunette se meurt d'ennui et bâille toute la journée. Ce qui fait qu'elle oublie les rats, lesquels grignotent jusqu'à mes pantoufles.

— C'est que... ce n'est pas tout... J'ai encore un moineau.

— Et moi, en outre de six colombes, j'ai une oiselle qui vit seule. Votre moineau lui fera compagnie. Ils nicheront, assurément.

— Oui, mais... j'ai hérité du goût de mon pauvre père pour la musique.

Je possède une mandoline. J'aime à en jouer. Je vous casserais la tête !

— Que dites-vous là, mon cousin ? Rien ne me réjouit mieux qu'un air de rigodon. Et votre métier, quel est-il ? N'allez-vous pas encore vous en faire un prétexte à quitter le Cigalier ?

— Mon métier, fit en riant Farandole, il consiste à les faire tous, ce qui revient à n'en avoir aucun.

— Alors quels sont vos projets ? Un homme ne saurait vivre sans rien faire...

— Ce qu'ils sont... je ne le sais plus... Ce qu'ils étaient avant que les voleurs, en me dépouillant, ne m'eussent rendu impossible la recherche de mon bien, le voici, dit Julian d'une voix tremblante.

Je voulais travailler ma vigne et mon champ, ainsi que faisait notre commun grand-père. Je voulais mener la même existence que lui, me marier selon mon cœur, faire souche de braves gens, qui auraient vécu comme moi, et m'auraient aidé à agrandir mon domaine de ce qui leur serait devenu nécessaire, pas plus !

Je ne sais nul proverbe aussi sage que celui de grand-père...

— *Qui se crée peu de besoins se prépare beaucoup de joies*, interrompit Huguette.

— Celui-là même.

— Je le sers à mon parrain toutes les fois qu'il parle de m'enrichir. J'ai tous vos goûts, mon cousin.

Elle rougit un peu en disant ces mots, et pour ne le point laisser voir, elle s'en alla battre la pâte de ses matefins, ce qui rompit la conversation.

Mais elle reprit bientôt sur un autre chapitre.

C'est Julian qui questionnait, à présent. Il voulait savoir à qui ressemblaient ses cousins, s'il les verrait bientôt, s'ils venaient souvent au Cigalier...

La réponse ne se fit guère attendre. Le son de l'olifant retentit à peu de distance et, tout de suite après, des archers parurent, escortant le vieux duc.

Quelques seigneurs l'entouraient : ceux qui étaient appelés à la faveur de prendre part au souper d'Huguette.

Hugues de Bourgogne était encore un cavalier solide, malgré son âge.

Il descendit lestement de cheval, et, embrassant paternellement sa filleule :

— Eh bien, ma mie, le souper est-il prêt ?

— Il vous attend... Mais voilà aussi quelqu'un qui vous attend, monseigneur. C'est mon cousin, Julian Fornerey, le fils de mon oncle qui était luthier à Venise. Il est chargé pour vous d'un message très pressé.

Le regard perçant du vieux duc se tourna vers Farandole qui se tenait, découvert, dans une attitude pleine de respect, à quelques pas en arrière de sa cousine.

IL PRÉSENTA LE PLI

Sur un signe du duc, il s'avança, mit un genou en terre, et présenta, posé sur son chapeau, le pli dont il était porteur.

En le lisant, Hugues de Bourgogne laissa paraître la plus grande surprise. Et, attirant Julian à part :

— Conte-moi tout ce que tu sais de mon féal ami le prince Naïva, commanda-t-il.

Ce fut long.

Le duc écoutait avec une stupéfaction croissante le récit de ce voyage mouvementé.

Une fois instruit de tout, il appela un de ses officiers et lui donna des ordres à voix basse.

L'officier remonta à cheval et lança sa monture ventre à terre sur la route de Dijon.

— A présent, soupons, dit le duc gaiement. Puis se tournant vers Farandole :

— Tu peux être en repos. Je prends le grand vizir sous ma garde. Malheur à qui s'attaquera à lui !

— Vous coucherez au Cigalier, mon parrain ? demanda Huguette.

— Non, petite. L'arrivée du prince Naïva m'oblige à rentrer pour le recevoir.

Le couvert était mis sous une des tonnelles. Le duc prit place à table avec les seigneurs qui l'avaient accompagné.

Et le page de service vint se placer derrière la haute chaise de son maître afin de remplir son hanap.

Le duc ne déplaçait pas sa maison pour ces agapes rustiques. Avec son page, il n'amenait à sa jolie filleule que trois aides, fort de son goût, au reste : Anselme, Grégoire et Landry Lançon.

Au moment où Farandole recevait la soupière des mains d'Huguette, il vit donc paraître trois beaux jeunes gens qui, après l'avoir embrassée, lui demandèrent ses ordres.

Rapidement, après avoir désigné à chacun le seigneur derrière lequel il devrait se tenir, elle expliqua :

— Voici notre cousin Julian Fornerey. Vous l'aurez en grande estime quand vous saurez comment il s'est conduit envers un ami de monseigneur. Mais, pour le moment, donnez-vous l'accolade et que ce soit fini de causer jusqu'après le souper. Je n'ai pas envie que quelque chose aille de travers.

Refrénant leur curiosité, les jeunes gens obéirent et commencèrent de servir le repas.

Tout en mangeant du plus bel appétit, celui d'un chasseur qui a battu bois et plaine de l'angélus du matin à l'angélus du soir, le duc s'informa de ce qui s'était passé au Cigalier depuis sa dernière visite, laquelle datait de trois mois.

Puis il dit en riant :

— Eh ! ma mie, n'as-tu point encore fait choix d'un mari ? En veux-tu un de ma main ? J'en ai bien une douzaine à t'offrir. Il y a d'abord un archer ayant nom Anceaume Hardouin qui est féru de toi et me l'est venu dire... Puis, le fils

d'un marchand drapier, puis un bourgeois ayant pignon sur rue... qui encore ?
je ne le sais plus.

— Mon parrain, nous en causerons l'année prochaine, si c'est votre bon plaisir.

— Oui-da ! Il paraît que tu n'es pas pressée. Enfin, quand le cœur t'en dira,
viens me conter ton envie, et, si elle est sage, ce dont je ne doute, je te jure de
la satisfaire.

— Je n'y manquerai pas, mon parrain, répliqua gaiement la jeune fille.

En partant, le duc lui annonça qu'il lui laissait ses frères afin qu'ils
fêtassent tous ensemble l'arrivée de leur cousin.

Il ajouta :

— Toi, jeune homme, sois prêt à suivre celui qui viendra te chercher de ma
part, mais ne quitte pas le Cigalier sans mon ordre. C'est moi, maintenant, qui
réponds de la vie de mon frère d'armes, le prince Naïva.

La barrière refermée sur le duc et sa suite, Huguette et les quatre jeunes
gens vinrent s'asseoir devant les reliefs du repas et soupèrent à leur tour.

Et ils se dédommagèrent du long silence imposé par l'étiquette en babillant
comme une volée de pinsons.

Farandole dut redire son histoire.

Grégoire et Landry l'écoutaient émerveillés. Huguette prenait, à l'entendre,
le même plaisir que la première fois.

Mais il n'en allait pas ainsi pour Anselme.

Son front, creusé par une ride, semblait porter quelque pensée secrète
fermant son esprit à ce qui se disait autour de lui.

Par le fait, il avait grandement raison d'être préoccupé.

Pour tenir sa promesse de prendre soin du Cigalier, Claudine Fornerey était
revenue l'habiter avec son mari, Sylvère Lançon, sitôt son père mort.

Sagement, celui-ci avait désigné de son vivant la part de chacun : à sa fille
ses économies, à son fils la terre et la maison.

Mais, vingt années ayant passé sans que le luthier de Venise donnât de ses
nouvelles, sa sœur ne le croyait plus de ce monde.

Toutefois, elle révéla ce qu'il en était du Cigalier à l'aîné de ses fils, afin
que si, à l'encontre de ses prévisions, son frère vivait ou avait des enfants qui
vinssent plus tard revendiquer leur patrimoine, il leur fût aussitôt rendu.

Anselme se trouvait donc en face d'un devoir à remplir.

Certes, il n'hésitait pas ! mais encore fallait-il être certain que Julian avait
bien la qualité qu'il se donnait...

S'il n'était point un imposteur, comment n'avait-il pas connaissance que sa maison fût celle où son père était né ?

Il prétendait avoir oublié le nom de l'endroit.

Mais un nom qu'on a su, la mémoire se le rappelle, si quelqu'un le prononce.

Tout cela ne semblait pas clair à Anselme.

Aussi, à peine Huguette se fut-elle retirée dans sa chambre que, laissant ses deux plus jeunes frères se coucher, il dit à Julian :

— Faisons donc le tour de la vigne, voulez-vous ?

— Faisons..., répondit Farandole.

Mais, dès qu'ils se furent un peu écartés de la maison :

— Mon cousin, déclara l'archer, je vous ai amené ici pour apprendre de vous si, à présent encore, vous ignorez comment s'appelle votre héritage.

Julian se tut, faute de savoir quoi répondre.

Enfin, pressé de nouveau, il finit par dire :

— A parler vrai, mon père croyait posséder un domaine ayant nom le Cigalier, et qui serait celui-là même où nous sommes.

Mais je pense que la mémoire lui faisait défaut. Les chagrins l'avaient fort usé. Il a dû embrouiller ses souvenirs.

Et puis, ajouta vivement Farandole, quand j'y aurais des droits, la maison ne ressemble guère à la pauvre demeure dont mon père m'a parlé.

Monseigneur l'a fait agrandir de moitié, il a fait planter cette vigne pour sa filleule...

Généreusement, tous, vous avez abandonné vos droits à Huguette. Laissez-moi vous imiter, mes chers amis. Que je ne sois pour elle qu'un frère de plus, bientôt archer au service du duc de Bourgogne, moi aussi.

Que notre sœur Huguette reste la reine du Cigalier. J'ai d'autant moins de mérite à parler ainsi que je ne saurais prouver mes droits. Ce sera déjà une grande bonté à vous, mes cousins, de m'accueillir comme tel sur ma parole.

— Quand je ne te reconnaîtrais pas au visage, je reconnaîtrais ton cœur, fit Anselme en l'embrassant fraternellement. Ma mère m'a toujours dit qu'il n'en était pas de meilleur que celui de ton père : tu tiens de lui...

Mais pour ce qui est du Cigalier, mon Julian, c'est Huguette qui en décidera. Nous lui soumettrons la chose pas plus tard que demain matin.

Et maintenant, que nous soyons sous son toit ou sous le tien, allons dormir.

CHAPITRE XIII

L'heure de Dieu

A son réveil, Julian vit ses trois cousins réunis dans un coin de la chambre et causant entre eux à voix basse.

Il comprit que l'aîné rendait compte aux deux autres de leur entretien de la nuit.

Se glissant aussitôt dans la ruelle, derrière les rideaux de serge verte qui enveloppaient son lit, il se hâta de se vêtir.

Et il courut se joindre à eux.

Ce fut de la part de Grégoire et de Landry une nouvelle et chaude accolade. Et, en signe qu'ils l'adoptaient pour frère, eux aussi, ils se mirent à le tutoyer, comme faisait à présent Anselme.

Farandole ne s'était pas trompé. Ils débattaient les moyens de le remettre en possession de son héritage.

— Si vous voulez m'en croire, dit-il, quand chacun eut donné son avis, nous ne soufflerons mot de ceci à Huguette.

Elle pense être chez elle, rien ne presse de la détromper, d'autant qu'elle a plus qu'à moitié raison.

Et puis, si je me fais archer, ce qui me plairait assez, car je ne vous quitterais point, qu'aurai-je besoin d'une maison, moi ?

Quand elle s'en ira habiter chez un mari, nous lui dirons la vérité, si cela nous semble opportun.

Je suis en grand souci du prince Naïva, je n'ai guère le cœur de penser à moi, et il en ira de même tant que je ne le saurai pas rendu à la cour de Bourgogne.

Il est si bon que je m'y suis attaché comme à un père. Vous m'obligerez

25

donc de consentir à laisser nos affaires de famille en l'état où elles sont pour le moment.

Les trois Lançon se rendirent à la volonté de leur cousin et prirent entre ses mains l'engagement de garder le silence, jusqu'à ce que lui-même les eût déliés de leur serment.

Ce point réglé, ils s'en allèrent retrouver Huguette et devisèrent gaiement avec elle toute la matinée.

A plusieurs reprises, la jeune fille voulut amener l'entretien sur les recherches qu'il importait d'entreprendre sans retard, afin de découvrir la maison de Julian. Mais personne ne lui donna la réplique. A la fin, Julian lui ferma la bouche par ces mots :

— Vous êtes impatiente de vous débarrasser de moi, avouez-le, ma cousine.

Elle se mit presque en colère, et ils allaient se disputer, quand un envoyé du duc pénétra dans le clos.

Il venait avertir le fils du luthier qu'il eût à se trouver le lendemain vers neuf heures à la porte de la ville avec ses cousins.

Farandole questionna le messager pour en savoir plus long, mais ce fut en pure perte. Il lui était interdit d'ajouter un mot de son cru.

— Ce que je peux bien vous raconter, par exemple, c'est ma rencontre. J'ai croisé sur la route, allant vers Dijon, une troupe de gens les plus drôles du monde : jaunes, avec des yeux remontant vers les tempes, des cheveux pareils à la laine de nos moutons, et habillés ! Ils ont de hauts bonnets bordés de peau de bête, et des justaucorps qui tombent sur la croupe de leurs chevaux, autant dire des cottes comme en portent les femmes chez nous.

Leurs montures n'ont que la peau sur les os, ce qui ne les empêche pas de galoper ventre à terre.

Julian s'était dressé, tout pâle.

— Vous dites des hommes jaunes...

Le sultan Mongoulou aurait-il envoyé une armée pour s'emparer du grand vizir ?

Il fit part de ses craintes aux Lançon. Mais ceux-ci n'y pouvaient rien.

L'idée ne leur fût pas venue de manquer à l'obéissance qu'ils devaient à leur seigneur. Seulement, leur confiance en lui était si grande, encore qu'on le surnommât, dans le peuple, le Pacifique, qu'elle finit par gagner le jeune ami de Naïva.

Et le messager emporta la promesse que tout s'exécuterait ainsi que le voulait Hugues de Bourgogne.

La journée passa comme une heure pour les cinq habitants du Cigalier.

Huguette ne se lassait pas de questionner son cousin sur ses aventures.

Et plus elle l'écoutait causer, plus elle le trouvait charmant, modeste, bon et brave. Si bien qu'elle se sentait l'aimer autant que l'un de ses frères, et même peut-être autant que tous les trois ensemble.

N'osant trop le manifester, elle reportait sur le chien les marques d'amitié dont, en bonne foi, le maître eût dû avoir le bénéfice.

— Je le veux garder, ce doux Mi-ré, si brave, lui aussi, et si savant, dit-elle. Un archer n'a guère la place de loger un chien et, puisque vous décidez d'être archer, Mi-ré me restera.

Cela me rendra grand service, je vous jure. Olivette devient sourde, la maison est loin du village, des fois, j'ai peur toute seule avec ma vieille petite chienne, qui n'entend pas venir les étrangers.

Et puis, la présence de Mi-ré vous attirera plus souvent au Cigalier, mon cousin.

Et lui qui, jusqu'alors, n'avait pu accepter l'idée de se séparer de son chien, lui, consentait, tout joyeux d'avoir encore quelque chose à donner.

Le lendemain, vers six heures, les quatre jeunes gens se préparaient à partir, quand un second messager leur apporta l'ordre de n'en rien faire.

Et, lorsque Farandole, impatient, demanda s'il y avait du nouveau, si les hommes jaunes étaient à Dijon :

— Ah ! vous êtes informé de cela ?... Oui, ils sont à Dijon.

— Alors, monseigneur...

— Les a fait entourer par une compagnie d'archers et conduire je ne sais où.

Comme ils n'entendent pas notre langue, on n'a pu savoir d'eux ce qu'ils voulaient. Monseigneur leur a parlé, mais il n'a rendu compte à personne de ce qu'il en avait appris, comme vous pouvez croire.

Si vous voyiez la ville, poursuivit l'envoyé du duc, elle est sens dessus dessous. On prépare des fêtes. Monseigneur m'a commandé de vous dire à vous, Julian Fornerey, que le prince, — je ne sais lequel, par exemple, — est en bonne santé et fera demain son entrée en la ville de Dijon. Ce soir, il couche à Auxonne.

— Est-il bien gardé, au moins ?

— Vous m'en demandez plus que je n'en sais. On a commandé en service extraordinaire deux compagnies d'archers, une de hallebardiers, qui sont parties, dans la soirée d'avant-hier, pour une destination inconnue.

Ça se peut que ce soit pour garder le prince. Alors, il doit dormir tranquille.

Je vous disais donc..., car vous m'interrompez toujours, si bien que je n'ai fait encore que la moitié de ma commission, je vous disais que monseigneur a daigné ajouter : « Tu rapporteras ceci au jeune homme, je me figure qu'il saura comprendre : la porte sous laquelle doit passer le prince manque d'un ornement qui ne peut être placé avant demain matin. C'est ce qui nous retarde. »

Cette commission parut à tous bien singulière, l'usage n'étant point qu'un haut seigneur comme le duc de Bourgogne prît la peine d'expliquer ses actes à un si mince personnage que Julian Fornerey.

Aussi fut-ce toute la journée commentaires sur commentaires.

La curiosité d'Huguette était si fort éveillée qu'elle déclara vouloir accompagner les jeunes gens à Dijon.

— Et si ton parrain n'est pas content ? objecta Anselme.

— Mon parrain est toujours content de me voir. Et puis, j'ai, demain, quelque chose à lui demander : c'est qu'il reçoive Julian dans la même compagnie que vous trois. C'est plus beau d'être à cheval.

— Cela ne presse pas, déclara l'aîné. Laisse passer quelques jours.

De crainte de voir paraître un troisième messager, apportant un nouveau contre-ordre, ils se mirent en route au lever du soleil.

Ah ! la joyeuse chevauchée !

Ils étaient jeunes, heureux d'être ensemble, insouciants du lendemain... Le rire courait sur leurs lèvres, frais, vibrant, intarissable !

Mi-ré trottinait à côté de l'ânesse, aussi modeste que son maître et ne paraissant pas avoir, plus que lui, souvenance de ses hauts faits.

On commençait la vendange et tout le long du chemin ils rencontraient des vignerons la hotte sur l'épaule.

— Au Cigalier, nous couperons le raisin sans tarder, déclara la jeune fille.

Je suis sûre que toutes mes amies voudront vous donner le grain, Julian.

Il regarda sa cousine, l'air étonné.

— C'est vrai, fit-elle, vous ne connaissez pas le pays de Bourgogne. Eh bien, donner le grain de vendange, c'est prendre un beau raisin noir et en barbouiller le visage de celui ou de celle qu'on désire embrasser.

— Moi, j'embrasserais avant, dit Farandole, diverti par l'idée de cette cérémonie champêtre.

ILS SE MIRENT EN ROUTE AU LEVER DU SOLEIL

— Oui... mais l'usage veut qu'on embrasse après, mon cousin. Seulement, on peut barbouiller une joue et baiser l'autre.

Chacun fait à son gré. Elle ajouta :

— Ceux qui se donnent le grain de vendange sont d'ordinaire voisins de table à la *paulée* [1].

— La *paulée !* qu'est-ce que cela ?

— Il ne sait rien de nos coutumes, ce pauvre Julian ! La *paulée*, c'est un repas magnifique autant qu'un repas de noce, auquel sont conviés de droit tous ceux qui ont pris part à la vendange.

Aussi, point n'est besoin de quêter des ouvriers, je vous assure. Ils s'offrent d'eux-mêmes.

Ils s'entretenaient encore de ces choses, si nouvelles pour le filsdu luthier, quand ils virent se dresser devant eux les murailles de la ville.

Une foule grouillante obstruait la porte, débordait sur le pont et jusqu'en delà des fossés. Il pouvait être huit heures.

Soudain les jeunes gens virent le peuple s'écarter à droite et à gauche.

Et presque aussitôt le vieux duc parut entouré d'une cinquantaine de gentilshommes.

Il montait un cheval rouan superbement harnaché et portait un habit de cérémonie en velours gris de lin agrémenté de broderies d'argent.

Une compagnie d'archers venait un peu en arrière. Et, dans la foule, on se contait qu'avant le jour, des hérauts, des écuyers, des pages étaient sortis de la ville avec un homme jaune couvert de vêtements usés, poudreux, qu'il s'était refusé à échanger contre ceux que monseigneur lui avait fait remettre.

Sitôt hors des murs, le duc et son escorte se lancèrent au grand trot sur la route d'Auxonne.

Les trois archers, Julian et sa cousine s'étaient rangés à l'écart.

La route libre, ils se rapprochèrent de la porte près de laquelle il leur était commandé d'attendre. Mais quand ils n'en furent qu'à une trentaine de pas, tous les cinq à la fois poussèrent un cri d'horreur.

A l'entrée du pont-levis, retenus par la corde qui avait servi à les pendre, trois cadavres se balançaient : ceux de Paolo, de Norr et d'Ingassou.

Julian se signa et baissa la tête, assombri, le cœur oppressé d'une pitié involontaire. Et, tout bas, il dit une prière pour les misérables dont il avait tenu la vie dans sa main, et que la justice de Dieu venait d'atteindre...

1. L'usage existe encore.

CHAPITRE XIV

Il ne faut pas dire, fontaine,
Je ne boirai pas de ton eau.

Pour échapper à l'horrible spectacle, Huguette, ses frères et son cousin avaient franchi le pont-levis et s'étaient placés en dedans des murs, à droite de la porte.

La jeune fille se tenait un peu en arrière. Quelques-unes de ses amies étaient venues la rejoindre ; car elle avait beaucoup d'amies à Dijon, où tout le monde la connaissait et la fêtait, sachant l'affection du vieux duc pour la fille de son brave serviteur.

C'était, dans le petit groupe, des questions sans fin sur le jeune et beau garçon qui accompagnait Anselme, Grégoire et Landry.

Huguette ne fit nulle façon de contenter cette curiosité. En sorte que, si Julian se fût retourné, il aurait vu maints jolis yeux tout pleins d'admiration, braqués sur lui.

Mais Julian ne se retourna pas. Il n'était occupé qu'à deux choses : maintenir son cheval tout contre la porte, et se pencher en avant pour interroger la route.

Vers onze heures, enfin, le cortège fut signalé.

Et bientôt, les hérauts parurent.

Ils marchaient quatre de front, tous vêtus aux couleurs de Bourgogne, sur la poitrine les armes ducales : *d'or et d'azur de six pièces, à la bordure de gueules.*

Ils précédaient le duc et le prince Naïva qui chevauchaient côte à côte, suivis à quelque distance par les gentilshommes, les officiers, les écuyers, les pages.

A droite et à gauche se tenaient les hallebardiers chargés d'écarter la foule.

A la suite des seigneurs, trois compagnies d'archers fermaient la marche.

Le soleil faisait scintiller les broderies, miroiter les armures, mettait une étincelle à chaque pointe de hallebarde, donnait à cette entrée solennelle l'aspect réjouissant d'une fête.

Mais c'est à peine si Farandole jeta un regard distrait sur ces splendeurs.

Il n'avait d'yeux que pour son ami, et, plus il le voyait approcher, plus il se sentait confondu d'étonnement.

Le prince Naïva portait un costume pareil à celui que, cent fois, dans leurs entretiens, il avait dépeint à son jeune camarade comme étant l'habillement de cérémonie des grands vizirs, à la cour du sultan Mongoulou.

Eût-il mis ses plus habiles tailleurs en campagne, le duc de Bourgogne n'aurait su découvrir en France l'étoffe dans laquelle était taillée cette tunique, ni ce bonnet de forme étrange auquel brillait une pierre précieuse d'un éclat éblouissant.

Ainsi vu sous les habits de son rang, le prince ne ressemblait guère au pauvre fugitif, caché dans une peau d'ours, que Julian avait tiré des mains de Paolo.

Le jeune homme n'en revenait pas d'une telle métamorphose.

Les traits du grand vizir paraissaient ennoblis, son port était vraiment royal et l'impassibilité de sa physionomie ajoutait à l'ensemble de sa personne une expression sévère, qui en rehaussait singulièrement la majesté.

Le pauvre garçon, qui s'était tant réjoui de lui sauter au cou, s'inclina bien bas sur son passage. Mais quand il se releva, le cortège s'était arrêté... arrêté à cause de lui! Farandole! Et la main du prince s'appuyait, amicale, sur son épaule.

— Vous permettez que je l'embrasse, disait-il d'une voix émue. C'est pour moi un fils...

Le duc repartit :

— Embrassez, mais faites vite, ou nous les trouverons morts d'inanition!

— C'est vrai... Julian, tu ne sais pas... Il ne sait rien, duc?

— Rien!... si ce n'est ce qu'il a pu voir de ses yeux.

Julian inclina la tête pour expliquer qu'il avait vu en effet.

Quant à parler, il en eût été incapable.

Le prince Naïva demanda :

HUGUETTE NE FIT NULLE FAÇON DE CONTENTER LEUR CURIOSITÉ

— Pourquoi vous êtes-vous tant pressé de les faire pendre ?

— Pour n'avoir pas à vous refuser la première chose que vous me demanderiez. Car... je vous connais, mon bon Naïva. Vous m'auriez demandé leur grâce... Or, je sais tout ce qu'ils avaient tenté contre vous... On les a surpris, les armes à la main, sur le territoire de mon duché, se préparant à tendre un piège à un ami qui me faisait l'honneur de se réfugier chez moi...

Et changeant d'entretien :

— Rejoins-nous dans la cour d'honneur du palais, dit-il à Julian, ou plutôt, va nous y attendre. Un des Lançon te guidera si tu ne connais pas la ville.

Et le cortège se remit en marche, au pas, entouré, suivi par le peuple, qui acclamait son seigneur.

Si Julian se fût attardé quelques instants de plus, il aurait vu, parmi les écuyers de la suite, un homme jaune, d'une maigreur extrême, la figure altérée par la fatigue, et dont, malgré cela, les yeux rayonnaient de joie.

Au reste, ils ne devaient pas tarder à faire connaissance.

Se détachant du cortège, l'homme jaune le précéda, lui aussi, comme Julian.

Ils franchirent ensemble la lourde porte de la cour d'honneur.

A ce moment, ils échangèrent un regard vague, indifférent, de la part de l'étranger, mais plein de curiosité de la part de Farandole.

Celui-ci vit l'inconnu se joindre à un groupe occupant le fond de la cour. A n'en pas douter, c'étaient des Mongols. Ils étaient cent, commandés par un officier richement vêtu, et qui se tenait un peu à l'écart.

Ils n'étaient pas prisonniers, personne ne les gardait !

Quelques archers, qui rôdaient dans la cour, se racontaient entre eux cette chose surprenante : depuis que ces gens étaient arrivés, ils avaient refusé toute nourriture, jurant qu'ils n'accepteraient le pain et le sel qu'une fois leur mission remplie.

Or, ils étaient là de l'avant-veille au matin...

Il était du reste extrêmement difficile de converser avec eux, d'abord parce qu'ils s'y refusaient, ensuite parce qu'en dehors de leur langue maternelle, ils ne connaissaient guère que deux ou trois mots d'italien et de français.

La moitié de leurs chevaux étaient morts en arrivant, les autres, en dépit du soin qu'on en avait pris, ne valaient guère mieux.

Julian avait écouté les archers et se demandait, un peu inquiet maintenant, quelle était cette mission.

Qui prouvait qu'ils n'usaient pas de traîtrise et n'empruntaient pas les apparences de la soumission, afin de s'emparer plus sûrement de la personne du grand vizir ?...

Son regard soupçonneux scrutait ces visages amaigris dont la peau couleur citron avait pâli à force de fatigue, et il les trouvait farouches dans leur silence et leur immobilité, ces hommes !

Un seul avait une expression souriante, celui qu'il avait coudoyé en entrant ; mais cela ne suffisait point à le rassurer.

Soudain les yeux de Farandole furent attirés par deux objets bien différents, encore qu'on les eût placés côte à côte devant l'officier mongol.

Le premier était un coffret magnifique tout incrusté d'argent et de pierres fines. Mais le second ? le second était un sac en cuir pareil à celui que lui avait dérobé Paolo en Italie ; tellement pareil, même, qu'il eût juré le reconnaître !

Il était encore à l'examiner de loin, quand le duc et le prince Naïva pénétrèrent dans la cour avec tout le cortège.

Mais, comme si un mot d'ordre avait été donné à l'avance, seigneurs, écuyers, pages, disparurent en un clin d'œil.

La foule, qui se pressait curieuse, à la porte, fut refoulée et maintenue à distance par les hallebardiers.

Les archers allèrent occuper la salle des gardes, au rez-de-chaussée du palais.

Et le grand vizir demeura seul avec le duc et le fils du luthier à qui il avait dit en passant :

— Reste et regarde...

Recommandation superflue. Julian ne songeait guère à détourner les yeux.

Les étrangers n'avaient pas fait un mouvement.

Hugues de Bourgogne posa la main sur l'épaule de son ami, comme pour faire entendre à ses compatriotes qu'il le prenait sous sa garde, et les deux chevaux marchant de front amenèrent leurs cavaliers juste en face des Mongols.

L'attitude de Naïva faisait de plus en plus l'admiration de Julian.

Le prince gardait la tête haute, son regard restait impénétrable, pas un muscle de son visage n'avait tressailli.

D'un geste plein de noblesse, il éleva la main.

Aussitôt, officier et janissaires firent quelques pas. Puis, tous à la fois se prosternèrent et touchèrent la terre du front.

L'officier lui-même attendit qu'un mot de Naïva lui permît de relever la

LE DUC ET LE PRINCE CHEVAUCHAIENT CÔTE A CÔTE

tête. Encore garda-t-il un genou en terre pour lui remettre le coffret dont il était porteur.

Le prince l'ouvrit sans qu'un seul mouvement de ses mains laissât deviner s'il ressentait quelque curiosité. Il en tira un parchemin qu'il baisa avant d'en prendre connaissance, et qu'après l'avoir lu, il renferma lentement dans le coffret.

Alors, l'officier mongol, maintenant debout, prononça une harangue qui dura près d'un quart d'heure.

Naïva y répondit par une phrase brève, fit signe aux janissaires qu'ils pouvaient se relever, et, sans regarder personne, plus impassible que jamais, vint, avec le duc, descendre de cheval devant le grand escalier.

Quelques instants plus tard, le porteur du coffret fut emmené par un écuyer, tandis que ses hommes recevaient l'invitation de suivre une compagnie d'archers, chargés de veiller à ce que rien ne leur manquât.

Depuis que le grand vizir n'était plus là, Julian ne perdait pas de vue le sac en cuir.

Plus il le regardait, plus il se croyait certain de ne pas se tromper. Si bien qu'au moment où le Mongol à la mine souriante se baissa pour le prendre, sans réfléchir qu'il n'en serait point compris, il sauta à bas de cheval, courut à lui et s'écria :

— Mais c'est mon sac !

L'étranger fit signe qu'il n'entendait pas le français.

Julian appuya sa réclamation d'un geste auquel on ne pouvait se méprendre ; il posa la main sur l'objet du litige.

Aussitôt le Mongol secoua la tête négativement et mit quelque distance entre le jeune homme et lui.

Peut-être, néanmoins, eussent-ils fini par se comprendre. Mais le temps leur manqua.

Un page vint, qui les emmena tous les deux, les introduisit dans le palais, et se retira, après leur avoir ouvert la porte d'une salle magnifique.

Ils avaient à peine jeté un coup d'œil autour d'eux qu'une autre porte s'ouvrait, au fond de la pièce.

Et le prince Naïva, souriant, radieux, les bras tendus, courut au Mongol qu'il embrassa comme un frère en criant à Farandole :

— C'est Mégiars !...

Puis il parla vivement à celui-ci dans leur langue.

Tout en écoutant, Mégiars jetait des regards pleins de gratitude sur le fils du luthier.

Le récit du prince à peine achevé, il se prosterna devant le jeune homme, confus de cet hommage, et, les deux mains ouvertes et tendues vers lui, prononça une phrase que Naïva rendit par ces mots :

— Il t'offre sa vie.

Julian, attendri, serra dans les siennes les mains du fidèle serviteur.

Le prince expliqua à son frère de lait qu'en Europe il n'était pas de plus grande marque d'estime.

Et la figure de Mégiars s'épanouit dans un large sourire plein de bonté.

Alors, à son tour, il parla.

Julian dut s'armer de patience, car le brave garçon en eut pour une heure à tout dire.

Enfin, le prince se tourna vers son jeune compagnon de voyage et, en quelques mots, lui résuma ce qu'il venait d'apprendre.

C'était en vérité une extraordinaire et providentielle succession d'événements.

Mégiars n'avait pu longtemps abuser Norr et Ingassou, quand il les avait attirés à sa poursuite, en Italie. Le paysan qui jouait le rôle du prince, après avoir galopé trois heures, s'était laissé glisser de cheval, déclarant qu'il était rompu de fatigue et n'irait pas plus loin.

Après avoir vainement insisté pour qu'il se remît en selle, se voyant sur le point d'être pris, Mégiars piqua des deux.

Il continua son voyage, changeant de cheval quand le sien tombait et ne s'accordant que le repos indispensable.

Son but était de se rendre auprès de la princesse Aldamès.

Le chemin étant de traverser Karakorum, il voulut mettre à profit son passage en s'informant de ce qui était survenu après le départ de son maître.

Il apprit que la ville était en grand émoi depuis deux jours.

Y entrait qui voulait, mais personne n'en pouvait sortir sans la permission du Grand Seigneur.

L'avant-veille, au matin, un Italien s'était présenté au palais. Il était porteur d'un message qu'il avait fait remettre à Mongoulou.

Cet Italien, c'était l'envoyé de Paolo.

Ce message, c'étaient les tablettes du prince Naïva.

Mais en prenant connaissance des notes écrites par son grand vizir, le sultan avait acquis la certitude que sa bonne foi avait été surprise.

DEUX OBJETS DIFFÉRENTS ÉTAIENT PLACÉS DEVANT L'OFFICIER

27

Non seulement Naïva, dans ce récit destiné à ses fils, établissait sa complète innocence, mais il rendait pleine justice à son maître, et, encore qu'il eût des raisons de s'en plaindre, laissait voir pour lui l'attachement le plus sincère.

JULIAN POSA LA MAIN SUR L'OBJET DU LITIGE

Mongoulou entra dans une colère terrible.

Jamais les sujets du Grand Seigneur n'avaient vu se déchaîner sur eux pareille tempête.

Dix-sept têtes étaient tombées avant le coucher du soleil. Et les janissaires ne cessaient de galoper d'un palais à l'autre, pour procéder à de nouvelles arrestations.

Le successeur de Naïva, qui, en révélant à son maître l'existence d'Aldamès, lui avait fait commettre une nouvelle injustice, avait été exécuté le premier.

La princesse et ses cinq garçons, retenus prisonniers à Karakorum, étaient depuis le matin installés dans un palais où Mongoulou leur avait fait porter les présents les plus magnifiques, en leur faisant annoncer que cent hommes allaient partir pour se mettre aux ordres de Naïva, nommé de nouveau grand vizir, et l'escorter au retour.

L'Italien avait reçu la somme promise à qui livrerait le prince, sous la seule condition de restituer à celui-ci les bijoux qui lui avaient été volés.

Tous ces détails, Mégiars les tenait de la princesse Aldamès.

C'est sur son conseil qu'il avait demandé au sultan la permission de se joindre à l'escorte.

Et il était revenu en Europe plus vite encore qu'il n'en était parti...

En passant par l'Italie, le bandit, qui, du reste, n'avait pas le choix d'agir autrement, avait conduit les Mongols au repaire de la troupe.

Occupé de poursuivre le prince, Paolo n'avait pas eu le temps de vendre les bijoux, de sorte qu'ils étaient encore où il les avait déposés.

Tout auprès gisait un sac en cuir.

Le jugeant propre à cet usage, Mégiars y avait rangé, dans quelques morceaux de parchemin qui s'y trouvaient, les pierreries de la princesse.

— J'étais bien sûr de ne pas me tromper, fit en riant Farandole.

Mais, reprit-il vivement, sans paraître se soucier des écrits tant regrettés jadis, j'espère, prince, que vous n'allez pas retourner en Mongolie.

Cent fois, durant le voyage, vous avez juré que vous ne seriez plus grand vizir. Songez au passé. Ce qui est arrivé peut se produire encore...

Profitez plutôt de la bonne humeur du sultan pour faire venir vos fils et la princesse Aldamès. Ils feindront d'aller à votre rencontre et ne s'arrêteront qu'ici.

Vous achèterez un beau château dans le duché de Bourgogne et vous y vivrez paisible, sans craindre ni les complots de vos ennemis, ni les colères du maître.

Naïva traduisit à Mégiars ce que venait de dire Julian.

Et Mégiars sourit, approuvant de la tête...

Lui aussi penchait pour la vie ignorée, tranquille, loin de la cour et des chausse-trapes qu'on y rencontre.

Le prince se leva et se mit à marcher de long en large, l'air méditatif.

Ses deux amis se taisaient.

Quand il revint vers eux, ils lui dirent chacun dans sa langue :

— Vous restez, prince ?

— Eh bien... non, je ne reste pas, fit-il en souriant avec mélancolie, non...

Le pouvoir a-t-il une saveur si forte que les lèvres en puissent garder quelque chose après tant de tribulations?... Je ne le crois pas. Mais ce serait me fermer la patrie, Julian, et mon cœur est triste, à cette pensée.

J'irai où Bouddha m'envoie et je ferai de mon mieux.

— Ce que décide mon maître est toujours sage, dit gravement Mégiars quand le prince eut répété en langue mongole la réponse faite à Julian.

— Savoir..., murmura celui-ci...

Ils causèrent encore un moment. Puis le jeune homme se leva.

— Je retourne chez ma cousine, déclara-t-il.

L'étonnement du prince lui rappela qu'il ne lui avait rien dit encore, et il le mit au courant de tout ce qui s'était passé depuis leur séparation.

— Les titres de propriété que m'a rapportés Mégiars me sont donc bien inutiles, conclut Farandole; ne développez pas les bijoux de la princesse.

— Nous nous reverrons bientôt, mon enfant. J'irai te rendre visite à ce pauvre Cigalier dont ton bon cœur fait le sacrifice et que je veux connaître.

Julian allait franchir le seuil... Il revint sur ses pas pour demander :

— Et Kiki, et Clair-de-lune? Que sont-ils devenus?

— Je les ai confiés avec ta mandoline et ma peau d'ours à un serviteur chargé par le duc de les porter à ta résidence.

J'ignorais qu'elle fût autre que la mienne. Je croyais retrouver le tout ici.

— Ma cousine était prévenue, elle aura pris soin d'eux. C'est égal, j'ai hâte de rentrer.

Ce qu'il ne dit pas, c'est que l'impatience de rejoindre Huguette l'emportait encore, et de beaucoup, sur celle de revoir son moineau et son chat...

CHAPITRE XV

Un domaine sans propriétaire

Huguette et ses frères ne s'étaient point attardés en ville.

Le duc avait prévenu sa filleule de ne pas attendre Julian, lequel serait sans doute retenu au palais une partie du jour, et lui avait permis de garder les trois archers pour l'aider dans les travaux de la vendange.

Julian les retrouva donc au Cigalier, en train d'apprivoiser Kiki et Clair-de-lune, que ce long voyage et ces perpétuels changements avaient quelque peu effarouchés. Dès le lendemain, on commença la cueillette du raisin.

Elle dura trois jours, pendant lesquels on n'entendit au Cigalier qu'éclats de rire et chansons.

Il était venu des amies d'Huguette, des voisins.

Le soir, après souper, Julian prenait sa mandoline, et, hissé sur le vieux banc, jouait quelque ronde qu'on dansait autour du jardinet.

Et parfois, du groupe qui s'ébattait devant lui, son regard allait, mélancolique, à ce qui l'entourait.

Le Cigalier ne lui semblait jamais plus joli qu'enveloppé des lueurs pâlies du crépuscule, à cette heure où les angélus se répondent d'un clocher à l'autre, où les objets prennent de mystérieux aspects, où il semble que la nature, sur le point de s'endormir, se dise bonsoir à voix basse...

Quand il s'était oublié un instant dans cette contemplation recueillie, un soupir montait aux lèvres du pauvre Farandole. Sa mandoline cessait de chanter sous ses doigts et sa pensée, obstinément, lui retraçait le rêve tant de fois caressé, comme pour lui rendre la déception plus amère.

Dès qu'elle le voyait ainsi perdu en quelque songerie, Huguette accourait, lui secouait le bras en riant et s'écriait :

— A quoi pensez-vous donc, mon cousin, de nous laisser le pied en l'air?

— Je regardais le paysage.

— N'est-ce pas, qu'il n'en saurait exister de plus beau?

— Je ne sais... mais celui-ci retient les yeux.

— Allons, quand même, finissez votre ronde.

Et Farandole obéissait...

Lorsque tout le raisin fut dans les cuves, Huguette et ses amies préparèrent la *paulée*. C'est pour le coup qu'il y eut des flamusses à la courge et nombre d'autres choses délicieuses!

A table, Julian se trouva placé non loin d'un ami de son père, un ami d'enfance, Allain Maury.

Et ils causèrent longuement ensemble du pauvre luthier.

Mais, lorsqu'ils eurent épuisé ce chapitre :

— Alors, dit Allain, vous êtes venu habiter le Cigalier? C'est pour votre compte que nous vendangerons l'an prochain.

— Du tout. Le Cigalier appartient à Huguette. C'est dans nos arrangements de famille.

Julian avait baissé la voix pour prononcer ces mots.

Ils n'en parvinrent pas moins aux oreilles de sa cousine placée juste en face de lui. Elle tressaillit, ses yeux bleus laissèrent deviner sa surprise. Et, sans affectation, elle se pencha, pour mieux saisir la suite de l'entretien.

Les premiers mots fixèrent ses doutes.

— Ah! si votre père lui a vendu son bien, c'est une autre affaire, répondait Allain Maury.

Huguette eut un petit sourire moqueur à l'adresse de Julian.

— Vous mentez joliment, mon cousin! semblaient dire ses lèvres rieuses.

A peine ses invités partis, elle entraîna l'aîné de ses frères au fond du jardin, lui confia ce qu'elle avait surpris, et lui signifia d'avoir à dire sur le champ tout ce qu'il savait à ce propos.

— Eh bien, j'aime mieux ça, fit Anselme.

A chacun ce qui lui revient, tu as raison, petite sœur.

Et il avoua tout.

Huguette ne dormit pas de la nuit.

Le lendemain, sitôt levée, elle commença de nettoyer la maison depuis un bout jusqu'à l'autre.

Farandole la regardait aller, venir, frotter, laver, ranger.

LE SOIR, JULIAN PRENAIT SA MANDOLINE

— Mais vous en perdrez haleine, fit-il, à la fin. A propos de quoi tout ce
remue-ménage?

Elle attendait cette question depuis une heure.

— Je veux que le Cigalier soit en ordre quand je m'en irai, dit-elle en

JULIAN SE TROUVA À TABLE À CÔTÉ D'UN DES AMIS DE SON PÈRE

secouant sa jolie tête blonde. Car... je m'en irai, mon cousin... Je sais mainte
nant que vous êtes ici chez vous... Allain l'a dit...

— Il rêve!

— Que non. Toute cette nuit, il m'est revenu des tas de choses de notre
premier entretien. Non, non, Allain ne rêve pas. Du reste, Anselme en est
convenu.

Julian eut un geste incrédule.

— Il avait promis de se taire, c'est ce que vous voulez dire... Eh bien, mon
pauvre Julian, prenez-en votre parti, il a parlé... Je l'y ai forcé hier soir, tout
comme je vais vous y forcer vous-même à cette heure.

Le jeune homme sourit, mais il ne desserra pas les lèvres. La mine irritée
d'Huguette l'amusait follement.

— Dites oui! ou je pars avant qu'il soit nuit close, déclara-t-elle en
frappant du pied.

— Ah ! vous le prenez sur ce ton, mauvaise ! Eh bien, oui ! il est à moi, le Cigalier. C'est l'héritage que m'a laissé mon père. Je savais que ma tante ou ses enfants devaient l'habiter, je n'ai donc pas été surpris de vous y voir.

J'en ai été bien aise, par exemple, ajouta Farandole d'une voix subitement attendrie... Et je vous supplie d'y rester, tout le temps de vos jours.

Elle avait baissé la tête en écoutant son cousin. Elle la releva un peu pour lui répondre.

— Y pensez-vous ? encombrer votre domaine de ma vache et de mes chèvres ?

— Leur lait paie bien leur nourriture, je pense.

— Embarrasser votre maison de ma chatte !...

— Elle tiendra compagnie à Clair-de-lune. Quand on a goûté au plaisir d'avoir un ami, on ne peut plus vivre seul.

— De mon oiselle !...

— Kiki ne saurait s'en passer, maintenant, vous le savez bien.

— De mes colombes !...

— Je raffole des colombes. Si vous n'avez pas de meilleure raison...

— Que si, mon cousin, j'en ai une... C'est ma personne... qui ne saurait rester en votre compagnie...

— Pourquoi ? fit-il ingénument.

— Parce que... parce que..., murmura Huguette.

— Auriez-vous peur de m'être un embarras, vous aussi ?

— Justement.

— Et moi, je vous...

Julian s'interrompit. L'envie ne lui manquait pas de finir sa phrase. Mais il avait besoin d'y être encouragé.

Il se tourna vers Anselme qui était présent.

Seulement... ce ne fut pas les yeux de son cousin qu'il rencontra, ce fut ceux du prince et ceux d'Hugues de Bourgogne.

Tout occupés de leur débat, ni Huguette ni lui ne les avaient entendus venir.

Julian n'était pas timide.

Prenant la jeune fille par la main, il l'amena devant le duc, mit un genou en terre et prononça :

— Ce que j'allais lui dire, vous pouvez l'entendre, monseigneur. Elle craint de m'être un embarras, et moi, je me sens tant d'amitié pour elle que la vie ne me serait de rien, si je ne devais plus la voir. Je l'aime de tout mon cœur, enfin, et je vous la demande pour femme.

MESSIRE, VOUS OUBLIEZ VOTRE PEAU D'OURS

Je suis venu en France afin de vivre comme mon grand-père a vécu.

Or, je l'ai entendu souvent dire à son fils, mon grand-père avait tout juste dix-sept ans quand il épousa ma grand'mère.

Mes dix-sept ans ont sonné la semaine passée. Je l'imiterais donc en cela comme je l'entends imiter en toutes choses. Y trouvez-vous à redire, monseigneur ?

Le Cigalier est à Huguette autant qu'à moi, vous le savez mieux que personne. Je ne puis accepter sa part si elle refuse la mienne... Après ça, peut-être ne veut-elle pas de moi pour mari, murmura le jeune homme en regardant sa cousine.

Huguette eut un joli sourire, et tout naïvement, elle répondit :

— Depuis hier soir je songe à vous épouser...

Mon parrain, je ne sais personne qui surpasse Julian en bonté comme en vaillance, et c'est lui que je choisis.

— Voyez-vous ça ! fit le duc d'un ton moqueur. Je croyais que tu devais réfléchir une année encore avant de te décider.

— Il ne m'avait pas demandée...

Relevant le fils du luthier, Hugues de Bourgogne repartit :

— Je suis heureux de voir que nous sommes tous d'accord. Le prince Naïva et moi n'étions venus pour autre chose que pour vous fiancer. Il n'est ni archer, ni marchand, ni bourgeois qui soit digne, autant que toi, Julian Fornerey, d'épouser ma belle filleule.

Moi, son parrain, je te la donne... avec l'agrément de ses frères, toutefois.

— Ce mariage était notre plus cher désir, monseigneur, firent d'une seule voix les trois Lançon.

— Or donc, mon chapelain le bénira au palais dans la huitaine, afin que le grand vizir de Mongolie assiste à la noce, comme il le désire.

— Je te prie, jeune fille, d'accepter ce collier, dit à son tour Naïva. Ne le regarde point sans te souvenir de moi... ni toi non plus, Julian...

Et il passa au cou d'Huguette un rang de perles merveilleuses.

— Ne t'y trompe pas, ma mie, fit le duc. Il y a là de quoi acheter une province.

— Nous n'en avons pas besoin pour être heureux. Julian veut mettre en pratique le proverbe de notre grand-père : « *Qui se crée peu de besoins se prépare beaucoup de joies*, » et je le veux comme lui. Mais à tous les jours de fête, je porterai votre beau collier, seigneur grand vizir, et, quand on sortira Notre-Dame la Vierge pour lui faire bénir le village, je le lui prêterai.   .   .   .   .

.   .   .   .

Huguette mit ses perles le jour de ses noces.

Et chacun de dire qu'elles n'ajoutaient rien à sa beauté, ce qui était la vérité pure... Car la beauté vraie pare les bijoux au lieu d'en être parée.

Il y avait quinze jours qu'elle était la femme de Julian, quand un matin ils virent entrer au Cigalier Naïva et Mégiars en habits de voyage.

L'escorte du prince avait fait halte dans le chemin creux.

LA PEAU D'OURS ÉTAIT CLOUÉE EN FACE DE LUI

— Je pars, dit le bon Naïva, non sans quelque tristesse.

— Alors... c'est un adieu, répondit Julian, qui se jeta dans ses bras.

Il ajouta le cœur serré :

— Nous ne nous reverrons plus en ce monde !

— Qui sait ?... murmura le prince songeur. J'apprendrai à mon maître à aimer ceux que j'aime.

Il était déjà remonté à cheval quand il vit arriver Huguette.

— Messire ! messire ! criait-elle, vous oubliez votre peau d'ours. Emportez-la, on ne sait pas ce qui peut arriver...

Mégiars prit la lourde fourrure et l'attacha sur sa selle.

Naïva embrassa Farandole encore une fois, sourit à la jeune femme et mit son cheval au galop. Aussi longtemps que le bruit des chevaux parvint à son oreille, le fils du luthier resta immobile. Il écoutait s'éloigner son ami.

Et, quand il rejoignit Huguette, elle vit qu'il pleurait.

— Que veux-tu, mon Julian, il va vers sa patrie... Il sait qu'au bout du chemin sa femme et ses enfants l'attendent. Moi je l'approuve de partir.

— Moi, non... J'ai peur pour lui. Il est trop bon, trop faible. Il fera tout comme devant et de nouveaux malheurs en seront la conséquence. Vois comme, aisément, il s'est laissé séduire par les promesses de Mongoulou !

Huguette prit Julian par la main et l'amena devant leur maison.

Le soleil dorait la plaine, mettait un embrasement sur le feuillage roux des bois, coupait de grandes lignes claires les replis des collines...

Autour des jeunes gens, Olivette et Mi-ré gambadaient. Clair-de-lune et Jaunette dormaient de compagnie sur le vieux banc ; Kiki et son oiselle voletaient, l'air affairé, sur le faîtage d'iris où ils étaient convenus de faire leur nid, sitôt l'hiver passé...

— A chacun sa destinée, dit Huguette pensive. La nôtre est de vivre au Cigalier, bien ignorés, bien humbles. Je m'en réjouis.

Julian baisa doucement les cheveux de sa femme. Et, la main dans la main de la chère aimée, le regard tourné vers le calme et doux paysage qui s'étendait devant eux, lui aussi, comme son grand-père, bénit Dieu de lui avoir accordé le bonheur obscur qu'il souhaitait, et d'avoir fait la terre si fertile et si belle. . . . .

. . . .

En ces temps reculés, les leçons profitaient aux hommes.

Le prince Naïva ne réalisa point les pressentiments de son compagnon de voyage.

Par crainte d'oublier les malheurs que lui avait attirés sa faiblesse, il fit clouer sa peau d'ours en face de son divan, sur le mur de la salle où il donnait audience. Quand son cœur excellent menaçait de faiblir, il regardait la dépouille du fauve.

Tout aussitôt passaient devant ses yeux les cornes du bœuf, le foin de Marévana, les bâtons des montagnards...

Norr... Ingassou... Paolo... la longue série de ses fatigues et de ses peines...

C'en était assez pour affermir sa volonté.

Il ne donna plus de récompenses qu'au mérite, d'emplois qu'aux gens capables de les remplir... ce qui ne l'empêcha pas de se montrer fidèle en amitié. Mais si son dévouement et sa bourse restèrent au service des siens, il n'employa plus désormais qu'au profit de son maître le pouvoir qu'il tenait de lui.

L'exécuteur vit se rouiller sa hache. La Mongolie goûta une longue suite d'années prospères...

Personne, si ce n'est Mégiars, ne soupçonna jamais que cette richesse, ces triomphes, cette gloire, l'empire et le sultan Mongoulou les devaient à la leçon renfermée dans cette vieille peau d'ours, qui se desséchait contre un mur.

Table des chapitres

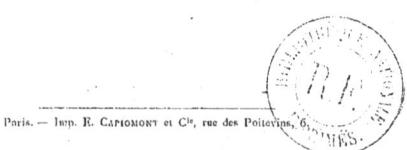
Paris. — Imp. E. CAPIOMONT et Cie, rue des Poitevins, 6.

www.ingramcontent.com/pod-product-compliance
Lightning Source LLC
Chambersburg PA
CBHW061448030726
47503CB00005B/1619